译者张静灵

张静灵

一九八二年出生。

毕业于中国传媒大学外国语学院马来语专业。

二〇〇七年八月获得马来西亚国民大学马来文学硕士学位。目前攻读北京大学东南亚文化方向博士学位。

现任教于中国传媒大学外国语学院马来语专业。

曾发表《文化边缘人的自述——论〈阿都拉传〉的新内涵》《鼠鹿故事中的英雄形象及其象征意义》《马来语教学和科研的资源整合》《浅析马来西亚传统媒体与网络新媒体之发展现状》等数十篇学术论文。参与了一项广电总局的项目、两个横向项目和一个纵向项目。完成了《汉语乐园（马来语版）》教材的翻译工作，《都是节目惹的祸——国外广播电视节目纠纷案例评析》中马来西亚部分的写作。

此外还多次参加马来语国际研讨会并宣读论文。

译者庄华兴

庄华兴

一九六二年出生于马来半岛中部森美兰州。

在马国接受小学至大学教育，毕业于马来亚大学中文系，获博士学位。

现任马来西亚国立博特拉大学外文系中文组高级讲师。以中、马、英三语撰写学术论文，研究专业是马中文学、中马比较文学、马中思想文化、鲁迅与东南亚。

目前为国际鲁迅研究会海外理事。中文编著有《伊的故事：马来新文学研究》《国家文学：宰制与回应》《回到马来亚：华马小说七十年》（与张锦忠、黄锦树合编）《进步的文艺青年：野火作品钩沉》，翻译有《寂寞求音：林天英诗选（一九七三至一九九八）》《先驱：林连玉与乌斯曼阿旺纪念诗选》《西昆山月：马来新诗选》，马来文编著有《绽放》《问候马来西亚：马华诗歌翻译选》《马华文学批评与史论》。

目　录

总序 / 1

前言 / 1

古代篇

班顿二十首 / 3

扎巴

知识的优点 / 11

青少年指南 / 13

现代篇

阿卜杜·卡法·易卜拉欣

在国外 / 19

www.独立网.com.my / 21

害怕夜晚 / 23

艾哈迈德·萨玖

城郊的稻田 / 25

剑仍在你手 / 27

真理的颜色 / 29

诗歌之林 / 31

阿妮斯·萨碧琳

　　我无法忘记 / 33

　　幻想 / 35

　　来自旧金山的信 / 37

阿旺·阿都剌

　　时代点染 / 40

　　断流的肯逸河 / 41

　　电报诗 / 42

安瓦尔·李端

　　有一种思念 / 46

　　分担痛苦 / 47

　　某一天 / 48

拉迪夫·莫西丁

　　湄公河 / 52

　　你在寻找谁？ / 54

　　平静带来了烦恼 / 56

　　谁将会记起我 / 58

　　蓝沙 / 59

　　木麻黄 / 62

　　内陆的黄昏 / 63

沙末赛益

　　如果 / 67

　　影子 / 68

　　生活在一起 / 69

　　含羞草 / 71

　　我们是黄昏的过客 / 72

瓦哈·阿里

　　蓝雪上漫步 / 74

　　瓜拉登嘉楼的细语 / 75

　　早晨的鸟 / 77

当远去 / 79

巴哈·再因

延缓的事实 / 82

花园之歌 / 83

女人 / 85

帝皇与竹马战士 / 87

尘埃与大地的怒火 / 89

达尔玛威贾亚

多么幸福 / 92

渔民的世界 / 93

你的身影中 / 94

费道斯·阿卜杜拉

寂静乡村的寂寞之歌 / 96

思念莎莉娅娣之歌 / 98

被等待的等待者 / 100

贾玛鲁丁

清晨 / 102

献给这个村庄的堡垒 / 104

我们不必逃跑 / 105

吉哈迪·阿巴迪

兰卡威的海声 / 108

攫住忧郁 / 110

门 / 111

卡辛·阿哈玛

对话 / 115

你的诗人 / 117

柯玛拉

一首歌 / 120

大海 / 121

八月，每当你到来 / 123

礁岩 / 125

一簇海啸后的珊瑚礁 / 127

天堂鸟归来 / 129

林天英

在这儿漫步 / 133

历史 / 135

在雅加达美更泰俱乐部观自画像 / 137

当我翻越昆达山 / 139

吉隆坡：一幅画 / 140

爱的铃铛 / 142

在同一片蓝天下 / 144

玛斯里

如此夜语 / 148

影子 / 149

望月 / 150

雨夜 / 151

莫克达·阿旺

村庄的来信 / 153

莎彤公主给阿都拉王的信 / 154

穆罕默德·哈吉·萨勒

假若 / 158

暂时 / 159

距离 / 160

海岛之子 / 161

夜雨 / 163

纳赫玛·贾米尔

留心吧 / 165

最美的国家 / 167

那瓦威·莫汉玛德

诗中的登嘉楼 / 169

诗中的偶尔 / 171

愤怒 / 173

邦谷

我的母亲 / 175

在海中 / 176

黄昏 / 177

抚慰心灵 / 179

拉赫曼·厦阿里

我们说"不" / 181

自由 / 183

语言 / 184

莱哈妮·穆罕默德·赛义德

纳丁最后的夜晚 / 187

《金山公主》观后感 / 190

那个国家啊，安东尼 / 193

罗斯里·K·玛达里

离别珍重，我的皮影艺人 / 196

太阳是否炽热如火 / 198

远海的记忆 / 200

莎米雅·伊斯迈

时光 / 203

汉江边 / 204

给母亲的诗 / 206

赛义夫

某种含义 / 208

时光 / 209

追寻者 / 210

超越定数 / 211

寂寞 / 212

三苏丁·贾法

　　陨落的星 / 215

　　遗失的美好 / 216

　　梦中歌 / 218

三苏丁·奥斯曼

　　文明的花园 / 221

西蒂·再侬·伊斯迈尔

　　山野农夫的浪漫 / 224

　　岁月 / 226

　　采石工 / 227

　　铃铛 / 228

　　码头的黄昏 / 229

诗迪·扎莱哈·穆罕默德·哈希姆

　　月坑上的水晶 / 232

　　悬挂在银河的希腊神话 / 234

　　北京之行 / 236

　　风筝 / 237

索林辛·奥斯曼

　　再见假面 / 240

　　不是没有 / 242

　　母亲的芬芳 / 243

苏海米·哈吉·穆罕默德

　　月光之花 / 247

　　在家中 / 249

　　模样 / 250

　　战争纪念古堡 / 252

东姑·阿里亚斯·泰益

　　情绪的市场 / 255

　　客 / 257

　　稻谷 / 258

友谊之林 / 259

我展开一张地图 / 260

乌斯曼·阿旺

恋人 / 264

问候大地 / 266

荆棘与火焰 / 268

小孩 / 270

乌迪伯（二）/ 272

星逝 / 277

晋·卡斯度利

吉普赛 / 279

等到雨水的话说完 / 280

索忆朋友 / 281

再哈斯拉

黎明时的大海 / 283

受考验的时刻 / 285

受伤的时刻，愈加忧伤的爱情 / 287

祖丽娜·哈山

玛苏里 / 291

一个爱情故事 / 293

能确定的事 / 294

译后记 / 295

总跋 / 299

总　序

二〇一三年秋，习近平主席先后提出建设"丝绸之路经济带"和"二十一世纪海上丝绸之路"（简称"一带一路"）的倡议。"一带一路"一经提出，便在国外引起强烈反响，受到沿线绝大多数国家的热烈欢迎。如今，它已经成了我们在政治、经济和文化生活中最具活力的词汇。"一带一路"早已不是单纯的地理和经贸概念，而是沿线各国人民继往开来、求同存异、构建人类命运共同体的幸福路、光明路。正如一首题为《路的呼唤》[1]的歌中所唱的：

> ……
> 有一条路在呼唤
> 带着心穿越万水千山
> 千丝万缕一脉相传
> 注定了你我相见的今天
> 这一条路在呼唤
> 每颗心都是远洋的船
> 梦早已把船舱装满
> 爱是我们共同的家园
> ……

习主席关于构建人类"政治互信、经济融合、文化包容的利益共同体、命运共同体和责任共同体"的主张是人心所向，众望所归。联合国将"构

1　《路的呼唤》：中央电视台特别节目《一带一路》主题曲，梁芒作词，孟文豪谱曲，韩磊演唱。

建人类命运共同体"写入大会决议，来自一百三十多个国家的约一千五百名贵宾出席二〇一七年五月十四日在北京举行的"一带一路"国际合作高峰论坛，就是最有力的证明。

在国与国之间，政治互信、经济融合、文化包容的基础在民心，而民心相通的前提是相互了解和信任。正是出于这样的理念，我们决定编选、翻译和出版这套"'一带一路'沿线国家经典诗歌文库"，因为诗歌是"言志"和"抒情"最直接、最生动、最具活力的文学形式，诗歌最能反映大众心理、时代气息和社会风貌。"'一带一路'沿线国家经典诗歌文库"是加强沿线各国人民之间相互了解和信任的桥梁。

"'一带一路'沿线国家经典诗歌文库"的创意最初是由作家出版社前总编辑张陵和中国诗歌学会会长骆英在北京大学诗歌研究院院会提出的。他们的创意立即得到了谢冕院长和该院研究员们的一致赞同。但令人遗憾的是，在本校的研究员中只有在下一人是外语系（西班牙语）出身，因此，他们就不约而同地把这套书的主编安在了我的头上。殊不知在传统的"一带一路"沿线国家中，没有一个是讲西班牙语的。可人家说："一带一路"是开放的，当年"海上丝绸之路"到了菲律宾，大帆船贸易不就是通过马尼拉到了墨西哥吗？再说，巴西、智利、阿根廷三国的总统不是都来参加"一带一路"国际合作高峰论坛了吗？怎么能说"一带一路"和西班牙语国家没关系呢？我无言以对。

古丝绸之路是指张骞（前一六四年至前一一四年）出使西域时开辟的东起长安，经中亚、西亚诸国，西到罗马的通商之路。二〇一三年九月七日，习近平主席在哈萨克斯坦纳扎尔巴耶夫大学演讲时，提出共建"丝绸之路经济带"的主张，赋予了这条通衢古道以全新的含义，使欧亚各国的经济联系更加紧密、相互合作更加深入、发展空间更加广阔，从而造福沿途各国人民。至于古老的"海上丝绸之路"，自秦汉时期开通以来，一直是沟通东西方经济和文化交流的重要渠道，尤其是东南亚地区，自古就是"海上丝绸之路"的重要枢纽。习主席建设"二十一世纪海上丝绸之路"的构想使其在新的历史起点上，有了更加重要而又深远的意义。

"一带一路"沿线国家主要包括西亚十八国（伊朗、伊拉克、格鲁吉亚、亚美尼亚、阿塞拜疆、土耳其、叙利亚、约旦、以色列、巴勒斯坦、沙特阿拉伯、巴林、卡塔尔、也门、阿曼、阿拉伯联合酋长国、科威特、黎巴嫩），中亚六国（哈萨克斯坦、土库曼斯坦、吉尔吉斯斯坦、乌兹别克斯坦、塔吉克斯坦、阿富汗），南亚八国（尼泊尔、不丹、印度、巴基斯坦、孟加拉国、斯里兰卡、马尔代夫、阿富汗），东南亚十一国（印度尼西亚、马来西亚、菲律宾、新加坡、泰国、文莱、越南、老挝、缅甸、柬埔寨、东帝汶），中东欧十六国（阿尔巴尼亚、波斯尼亚和黑塞哥维那、保加利亚、克罗地亚、捷克、爱沙尼亚、匈牙利、拉脱维亚、立陶宛、马其顿、黑山、罗马尼亚、波兰、塞尔维亚、斯洛伐克、斯洛文尼亚）。独联体四国（俄罗斯、白俄罗斯、乌克兰、摩尔多瓦），再加上蒙古和埃及等。

从上述名单中不难看出，"一带一路"沿线国家多为文明古国，在历史上创造了形态不同、风格各异的灿烂文化，是人类文明宝库重要的组成部分。诗歌是文学的桂冠，是文学之魂。文明古国大都有其丰厚的诗歌资源，尤其是经典诗歌，凝聚着国家和民族的精神和理想。各国之间的文化交流与经贸往来，既相互交融又相互促进，可以深化区域合作，实现共同发展，使优秀文化共享成为相关国家互利共赢的有力支撑，从而为实现习主席构建人类命运共同体的伟大目标打下坚实的文化基础。

"一带一路"沿线国家多是发展中国家。长期以来，我们一直比较重视对欧美发达国家诗歌的译介，在"经济一体、文化多元"的今天，正好利用这难得的契机，将这些"被边缘化"国家的传统文化和民族精神纳入"一带一路"的建设，充分发掘它们深厚的文化底蕴，让它们的古老文明在当代世界发挥积极作用，使"文库"成为具有亲和力和感召力的文化桥梁。

"一带一路"沿线国家又多是中小国家。它们的语言多是非通用的"小语种"，我国在这方面的人才储备相对稀缺，学科建设相对薄弱；长期以来，对这些国家的文学作品缺乏系统性的译介和研究。从这个意义上说，"文库"的出版具有填补空白的性质，不仅能使我们了解这些国家的诗歌，也使相关的学科建设和学术研究有了新的生长点。

"'一带一路'沿线国家经典诗歌文库"的现实意义和深远影响已经很清楚了，但同样清楚的是其编选和翻译的难度。其难点有三：一是规模庞大，每个国家一卷，也要六十多卷，有的国家，如俄罗斯、印度，还不止一卷；二是情况不明，对其中某些国家的诗歌不是一无所知也是知之甚少，国内几乎从未译介过，如尼泊尔、文莱、斯里兰卡等国；三是语言繁多，有些只能借助英语或其他通用语言。然而困难再多，编委会也不能降低标准：一是尽可能从原文直接翻译，二是力争完整地呈现一个国家或地区整体的诗歌面貌。

总之，"文库"的规模是宏大的，任务是艰巨的，标准是严格的。如何完成？有信心吗？答案是肯定的。信心从何而来呢？我们有译者队伍和编辑力量做保证。

"'一带一路'沿线国家经典诗歌文库"的编译出版由北京大学外国语学院和中国作家出版社联袂承担，可谓珠联璧合，阵容强大。

北京大学外国语学院是国内外国语言文学界人才荟萃之地，文学翻译和研究的传统源远流长。北大外院的前身可以追溯到京师同文馆（一八六二年）和京师大学堂（一八九八年）。一九一九年北京大学废门改系，在十三个系中，外国文学系有三个，即英国文学系、法国文学系、德国文学系。一九二〇年，俄国文学系成立。一九二四年，北京大学又设东方文学系（其实只有日文专业）。新中国成立后，东语系发展迅速，教师和学生人数都有大幅度增长。一九四九年六月，南京东方语言专科学校和中央大学边政学系的教师并入东语系。到一九五二年京津高校院系调整前，东语系已有十二个招生语种、五十名教师、大约五百名在校学生，成为北大最大的系。

一九五二年院系调整时，重新组建西方语言文学系、俄罗斯语言文学系和东方语言文学系。其中西方语言文学系包括英、德、法三个语种，共有教师九十五人，分别来自北大、清华、燕大、辅仁、师大等高校（一九六〇年又增设西班牙语专业）；俄罗斯语言文学系共有教师二十二人，分别来自北大、清华、燕大等高校；东方语言文学系则将原有的西藏语、维吾尔语、西南少数民族语文调整到中央民族学院，保留蒙、朝、日、越、暹罗、印尼、缅甸、印地、阿拉伯等语言，共有教师四十二人。

北京大学外国语学院于一九九九年六月由英语系、西语系、俄语系和东语系组建而成，下设十五个系所，包括英语、俄语、法语、德语、西班牙语、葡萄牙语、日语、阿拉伯语、蒙古语、朝鲜语、越南语、泰国语、缅甸语、印尼语、菲律宾语、印地语、梵巴语、乌尔都语、波斯语、希伯来语等二十个招生语种。除招生语种外，学院还拥有近四十种用于教学和研究的语言资源，如意大利语、马来语、孟加拉语、土耳其语、豪萨语、斯瓦西里语、伊博语、阿姆哈拉语、乌克兰语、亚美尼亚语、格鲁吉亚语、阿塞拜疆语等现代语言，拉丁语、阿卡德语、阿拉米语、古冰岛语、古叙利亚语、圣经希伯来语、中古波斯语（巴列维语）、苏美尔语、赫梯语、吐火罗语、于阗语、古俄语等古代语言，藏语、蒙语、满语等少数民族及跨境语言。学院设有一个一级学科博士点、十个二级学科博士点和一个博士后流动站，为北京市唯一外国语言文学重点一级学科。学院师资力量雄厚：全院共有教师二百一十二名，其中教授六十名、副教授八十九名、助理教授十六名、讲师四十七名，拥有博士学位的教师一百六十三人，占教师总数的百分之七十七。

从以上的介绍不难看出，北京大学外国语学院的语言教学和科研涵盖了"一带一路"的大部分国家，拥有一批卓有成就的资深翻译家和崭露头角的青年才俊，能胜任"文库"的大部分翻译工作。至于一些北大没有的"小语种"国家，如某些中东欧国家，我们邀请了高兴（罗马尼亚语）、陈九瑛（保加利亚语）、林洪亮（波兰语）、冯植生（匈牙利语）、郑恩波（阿尔巴尼亚语）等多名社科院外文所和兄弟院校的专家承担了相应的翻译工作，在此谨对他们表示诚挚的敬意和衷心的感谢。

有好的翻译，还要有好的编辑。承担"'一带一路'沿线国家经典诗歌文库"编辑出版任务的作家出版社是国家级大型文学出版社，建社六十多年来出版了大量高品质的文学作品，积累了宝贵的资源和丰富的经验。尤其要指出的是，社领导对"文库"高度重视，总编辑黄宾堂、前总编辑张陵、资深编审张懿翎自始至终亲自参与了所有关于"文库"的工作会议，和北大诗歌研究院、北大外国语学院的领导一起，精心策划，全力以赴，保证了"文库"顺利面世。

最后还要说明的是，"'一带一路'沿线国家经典诗歌文库"得到了北大校领导的大力支持。"文库"第一批图书的出版恰逢北京大学建校一百二十周年（一八九八年至二〇一八年），编委会提出将这套图书作为对校庆的献礼。校领导欣然接受了编委会的建议，并在各方面给予了大力支持，校党委宣传部部长蒋朗朗同志从始至终参与了"文库"的策划和领导工作。至于北京大学外国语学院的领导更是责无旁贷地承担了全部翻译工作的设计、组织和落实。没有他们无私忘我、认真负责的担当，完成这样艰巨的任务是不可能的。

"'一带一路'沿线国家经典诗歌文库"第一批诗作即将出版，这只是第一步，更艰巨的工作还在后头；更何况随着时间的推移，"一带一路"的外延会进一步扩展，"文库"的工作量和难度也会越来越大。但无论如何，有了这样的积累，我们完全有理由相信，"'一带一路'沿线国家经典诗歌文库"会越来越好。为了实现这样的目标，我们期待着领导、业内同仁和广大读者的批评指教。

赵振江

二〇一七年秋于北京大学蓝旗营寓所

前　言

　　马来西亚是一个多元文化的国家，她在历史上与不同的东西方文化进行交流，如十四世纪的印度文化、十五世纪的阿拉伯波斯文化，以及十六世纪的西方文化。通过这种碰撞和交汇，该国形成了其独特的热带文化。诗歌作为文化的一种表现形式，也突显了这种独特的社会环境和文化底蕴。

　　马来诗歌可以分为两大类，即古典诗歌和现代诗歌。对于最早的诗歌形式是如何在马来社会形成并在当地进行传播这一问题，学界还存在分歧，未能做出明确的解释。大多数学者认为"班顿"（pantun）是马来社会最早的诗歌形式。古典诗歌的类型较多，扎巴列出了八种，之后的学者在其基础上有所增加，哈伦则共列出了三十四种传统诗歌类型。其中有几类术语源自外来文化，但被马来社会借用后，其形式和内容都发生了改变，如来自于印度语词汇的"古玲当"（gurindam）、"斯洛卡"（seloka）和"曼德拉"（mantera），以及来自阿拉伯语词汇的"沙依尔"（syair）、"纳赞"（nazam）、"玛斯纳威"（masnawi）、"哈扎"（ghazal）及"鲁拜"（bayt）等。但其中影响最深、传播范围最广、普及程度最高的类型是班顿、沙依尔、古玲当、斯洛卡、"达里本"（talibun）及"谜语"（teka-teki）。古典诗歌具有较强的格式规范，不同类型的诗歌拥有各自的结构、形式和押韵特点。整体而言，对仗工整，末尾有固定的押韵形式。如班顿一般以四行诗歌为主，每行包含四至五个单词，末尾以 a—b—a—b 模式押韵。达里本则是四句以上的班顿，一般为偶数，如六行、八行、十行、十二行、十六行或更多。沙依尔也由四行组成，每行包含至少九至十二个音节构成的四个单词，末尾以 a—a—a—a 模式押韵。沙依尔和班顿的区别在于，沙依尔以四行为一个诗节，组成更长的诗歌。古玲当和斯洛卡则是两类不同功能性的古诗，前者具有教育意义，属于忠告和嘱咐，后者则属于讽刺诗，尖锐又不失诙谐。两者有时也采用沙依尔或班顿的押韵模式。从诗歌的内容来看，有的包含叙事如沙依尔和达里本，有的则非叙事性，如班顿和古玲当。诗歌主题以浪漫爱情、寓言故事、历史及宗教为主。从其功能性而言，有些诗歌有宗教元素，有些不含宗教元素，有些则含有巫术。几乎所有的传统诗歌都以歌曲的形式或特殊的韵律来表达，绝大多数诗歌成为了民谣。这些古典诗歌在人们的生活中扮演着重要的角色，它们出现在各种歌舞表演、社会和宗教习俗及仪式中，用来塑造品德、愉悦人心、歌颂神灵、祈福除秽及传承文化。由于古典诗歌韵律性极强，朗朗上口，有很多经典诗句直到今天仍被人们广为传诵。

与古典诗歌相比，现代诗歌的出现约在二十世纪初。马来现代诗歌的发展一般分为四个大的阶段，分别是新诗开始至独立前（一九一三年至一九五六年）、独立后至一九六九年、一九七〇年至一九九九年及二〇〇〇年至今。如果将第一阶段具体细分，还可以分为二战前、日据时期及独立前这三个阶段。学界普遍认为一九一三年由奥马尔·穆斯塔法创作的《诗中的幻想》标志着第一首马来新诗的诞生。从奥马尔创作了第一首新诗至二战前，并没有太多的诗人效仿这种自由的诗歌形式进行创作。阿里认为，一九二四年《教师杂志》的发行促进了马来亚新诗创作的发展，一九三四年的三月刊上曾发表了几首新诗，这些诗歌的创作者包括邦谷、卡斯玛尼、尤素福和达哈鲁丁·阿哈玛德。虽然一些诗人所表达的主题和中心内容是全新的，但当时绝大多数诗歌的形式还是受限于传统诗歌的体例。

二十世纪五十年代，随着民族解放运动高潮的到来，马来文学进入发展的新时期。如果说二十世纪三十年代是现代诗歌刚刚起步的阶段，在形式或内容上仍受到传统诗歌的影响，四十年代的诗歌突显了民族主义和抗战精神，那么五十年代的诗歌则从传统中逐渐剥离，形成一股新生势力，这些诗人中不乏受到西方作品影响而进行大胆创新，在保证诗歌美学的同时尝试摆脱古典诗歌的模式。这时的文坛出现了两种文学流派，一派提倡"为社会而艺术"的口号，被称为"五十年代派"（Angkatan Sasterawan '50，简称"Asas 50"），其中包括乌斯曼·阿旺、沙末赛益、克里斯·玛斯和玛苏里等，他们提倡文学革新，作品大多反映战后马来亚社会的贫困和劳动人民的怨恨，同时也表现革命者争取国家独立的决心，具有强烈的现实感。另一派则提倡"为艺术而艺术"，以哈姆扎为主的一小群作家不同意"五十年代派"的想法，他们认为艺术是一种自由的创作，不应该被任何口号或意识形态所束缚。这两派作家展开了长时间的意识形态上的论战。由于大

2

多数媒体的编辑们也坚持文学应为受到资本家压迫的底层阶级发声抗争的理念，而且"为艺术而艺术"派的追随者也不多，因此"五十年代派"成为了当时的主流。就诗歌主题而言，逐渐从早期的浪漫主义诗歌向爱国主义诗歌进行转变，二战后的诗歌体现了对民族主义的抒发和日益高涨的反殖民主义热情。据卡迪尔统计，日据时期六家报刊社发表的一百零五首诗歌，其中爱国诗歌占八十首。但与二十世纪三十年代相比，日据时期的诗歌整体水平偏低，更多地呈现出一种舆论导向。一九四六年至一九四九年六家报刊社发表的诗歌中约有半数是以民族主义为主题，呼唤形成一个独立国家的意愿高涨，诗歌已经成为马来民族反对英国殖民者、强化斗争精神的工具。诗人们更关注社会和国家现实问题。除此之外，还有一些关于道德、时代变迁和自然的诗歌主题出现。

一九五七年马来亚独立后，一批在师范学校学习和受过中等教育的年轻诗人开始崭露头角。这些教育机构中不得不提的是苏丹依德利斯师范学院和马来亚大学。这两所院校培养了一大批接受马来教育的民族主义诗人，其中包括瓦哈·阿里、达尔玛威贾亚、吉哈迪·阿巴迪、柯玛拉、巴哈·再因、卡辛·阿哈玛、鲁斯当、三苏丁·贾法和纳赫玛·贾米尔等。诗人们更多地关注这个国家在独立后的发展，延续之前的民族主义主题的同时，他们强调国家和民族的发展和团结一致，关注农村的贫困问题、城乡发展的不平衡、经济分配的不均衡，及社会阶层的不公平。与此同时，也出现了一些受到英式教育的诗人。他们的诗歌较为自由，民族主义色彩不那么浓重，其中包括费道斯·阿卜杜拉、阿卜杜·卡法·易卜拉欣、阿妮斯·萨碧琳及穆罕默德·哈吉·萨勒等。

如果说二十世纪六十年代的主题主要围绕着贫困和独立后的发展，那么，七十年代的马来诗歌在不失诗歌语境的优美和语言风格的审美价值同时，更加体现了诗人的思想立场，更多地呈现出作家个人的反思和情感抒发，继而形成了一些重要诗人的身份象征。其中特别突出的是巴哈·再因、穆罕默德·哈吉·萨勒和拉迪夫。这三位诗人拥有自己独特的诗歌风格。巴哈·再因善于写讽刺诗，主题以城乡的割裂和传统社会的破碎为主。穆罕默德·萨勒的诗歌语言优美，形式多样，一九七三年前曾用英语写作诗歌。拉迪夫则更重视诗歌的优美和选词的谨慎。另外，于一九七一年设立的马来西亚文学奖为马来西亚文学发展史开启了一个新传统。政府给发表在马来西亚媒介的优质马来语文学作品颁奖，这是政府对文学家们在发展语言、传播智慧和提升思想的道路上所做贡献的一种肯定，因为文学的发展也同样促进了民族和国家的发展。文学奖促进了诗歌的创作，从一九七一年至一九七六年，参赛的诗歌数量从一千三百二十二首增长至两千零二十三首。除了马来学者数量的增加、高等研究机构和师范院校数量的增多以及报刊的蓬勃发展外，马来西亚社会也给了更多新诗人空间和机会，其中也包括那些涉足马来文学创作的非马来裔诗人，如年红（原名张发）、约瑟夫·瑟万、吴天才、林天英、阿旺·阿都剌、庄宝福等。这个时期还出现了一批优秀的女作家，如再哈斯拉、祖丽娜、西蒂·再侬、再顿·阿佳玛茵、莎爱拉等。一九七四年，祖丽娜·哈山出版了个人诗集《如茫茫道路》，标志着马来西亚第一本女作家诗集的问世，比第一本男作家的诗集《波涛》晚了十三年。一九七六年，女作家西蒂·再侬出版诗集《夜晚的吟唱》。二十世纪八十年代各种文学奖项应运而生，其中比较有名的是一九八〇年开创的诗歌王子奖。国家文学家奖颁给诗人乌斯曼·阿旺和沙末赛益，以及东南亚文学奖颁给了诗人巴哈·再因、乌斯曼·阿旺、拉迪夫、柯玛拉和西蒂·再侬，都使得八十年代成为著名诗人成长的重要阶段。

从二十世纪七十年代开始，诗歌创作的主题更加多样化，伊斯兰教和形而上学的主题也逐渐成为一个新的趋势，关于神性的探讨一定程度上推进了具有伊斯兰教色彩的马来文学的发展，其中就包括罗斯里·K·玛达里和苏海米·哈吉·穆罕默德的作品。另外，世界大环境促使马来西亚诗人也将目光投放到国际话题上，特别是与人道主义和伊斯兰世界相关的问题。除此之外，诗人们依然关注着民族和国家的命运和未来、国家团结的重要性、对民族历史的反思和充满智慧并丰富生活阅历和民族文化的旅行记录，另外还有一些进行实验诗歌创作的诗人。

二十世纪九十年代至今，诗坛涌现出很多新鲜的面孔，他们在年幼时就开始写作，比如祖丽娜·哈山的女儿莱哈妮，她撰写的两首历史主题诗歌都斩获了马来西亚文学奖。另外还有妮萨和"九〇后"作家杜阿·苏佳纳都在诗歌界取得了不小成绩。这些新晋诗人努力提高自己的作品数量和质量以期与资深的诗人媲美。他们的出现形成了良性的竞争氛围，并积极地推动诗歌创作的发展。总的而言，马来西亚的诗歌界异彩纷呈、百花齐放，老、中、青三代诗人汇聚了不同的智慧、理性、表达内涵及朗诵风格。他们共同推动马来西亚诗歌的发展，也成为马来西亚诗歌史的忠实记录者。

在挑选作家和诗歌的过程中，由于作品数量庞大，本人主要考虑了曾经获得马来西亚文学奖的作品，参考了再纳撰写的《马来西亚文学奖获得者研究》一文，并罗列了能在网上搜索到的从一九七一年至今该奖项的所有获奖作品信息，总共列出六十九名获奖作家。从这六十九名作家中，本人再从作家的作品情况、个人诗集数量、诗歌代表作、社会影响等方面进行考衡，选出了三十九位具有代表性的诗人。通过对其他诗歌合集的研究和比较，本人确定了要翻译的诗歌。其间，本人还利用在马来西亚短期学习的机会，特意拜访了几位学者和诗人，并征询了他们的意见。综合本人的选择和他们的推荐，最终形成了现在这本经典诗歌的汇编。马来西亚的庄华兴老师和中国传媒大学的王荷蓬老师主要参与了这次翻译诗歌的工作，他们不仅翻译了一部分诗歌，还对整本书的内容进行了校对，为之付出了巨大的精力和宝贵的时间。我们三人在不断的修改和反思中精益求精，希望将这三十九位代表性诗人的诗歌作品翻译到位。当然，由于时间和能力有限，译文仍可能会存在考虑不周甚至错误之处，敬请读者不吝指正。

张静灵

古 代 篇

班顿二十首

之一

带了金蕉去民丹，
熟了一只在台上；
欠人金子还钻石，
欠人恩情身负债。

（王荷蓬　译）

之二

不配槟榔尝栳叶，
槟榔放在台阶上；
吃了栳叶不管饱，
德行文明最重要。

（王荷蓬　译）

之三

带了金蕉去航海，
熟了一只在箱上；
欠人金子还得清，
欠人恩情还不完。

（王荷蓬　译）

之四

幼猴岸边耍，
善跳善奔跑；
破衣照旧穿，
生活重品行。

（王荷蓬　译）

之五

巴迪[1]有何用，
如若无刺绣；
美妻有何用，
如若无品德。

（王荷蓬　译）

之六

何处来又何处去，
青草高过稻穗尖；
不知何日与何月，
我能与君再相见。

（王荷蓬　译）

1　巴迪：在马来语中有"蜡染"的意思，巴迪布则是马来西亚传统的蜡染布料，其款式多样，花样繁多颜色鲜艳，可以制作成上衣或纱笼。

之七

如果针折断，
莫藏在盒中；
如果有错误，
莫记在心上。

（王荷蓬　译）

之八

两三只猫来回跑，
斑纹小猫找不到；
纵然我能再三寻，
何人能与君相同。

（王荷蓬　译）

之九

番石榴果的确甜，
甜味装在茶杯中；
人人都道蜂蜜甜，
你的微笑比蜜甜。

（王荷蓬　译）

之十

风筝系着线，
断线用绳换；
独坐思故人，
故人不相思。

（王荷蓬　译）

之十一

青鸽幼鸟与伯劳，
停在枝上欲寻巢；
小溪水势犹可变，
人心之变更寻常。

（王荷蓬　译）

之十二

月光被云遮，
风吹云儿散；
我心思慕君，
奈何君不知。

（王荷蓬　译）

之十三

诺尼树儿长得密，
比它更密是柚木；
数千朋友容易有，
忠心密友却难寻。

（王荷蓬　译）

之十四

茉莉生土里，
莲花开水边；
锈铁被贱卖，
无礼人卑贱。

（王荷蓬　译）

之十五

芒果高高向下弯，
桂尼一串结三个；
我们活在睡梦中，
直到死时才觉醒。

（王荷蓬　译）

之十六

窗户木板有棱角，
小船搁浅在昂沙；
美丽英俊因美德，
民族进步因语言。

（王荷蓬　译）

之十七

高山光芒万丈，
海水平静无浪；
点滴德行不失，
回忆永恒不忘。

（王荷蓬　译）

之十八

糖鹦振翼飞呀飞，
栖在枝头便丧命；
世人不理你富贵，
最重高尚之品行。

（碧澄　译）

之十九

鸟儿南方飞来，
微风吹和风送；
请把书卷打开，
观赏马来班顿。

（碧澄　译）

之二十

燕子飞翔山头上，
红木长在对岸里；
爱你情深多坚刚，
施毒解毒全在你。

（碧澄　译）

扎 巴

（一八九五年至一九七三年）

　　原名再义纳·阿必丁·阿哈玛，出生于森美兰州的武吉哥达斯村。早期在林茂的马来学校学习，之后在芙蓉的圣保罗学院学习。一九一五年，成为第一个参加并通过高级剑桥考试的马来人。一九一六年开始他在多所学校任教，曾在伦敦大学亚非学院（一九四二年至一九五一年）和马来亚大学（一九五四年至一九五九年）任教。一九一六年开始专注于写作，其作品经常发表在各大报刊上，他能将语言、文学、宗教、经济、教育和政治等各方面融合在文章中。他致力于语言和文学的研究，是马来语语法的开拓者。五十九岁时获得硕士学位，并在写作代表大会上被正式授予"学者"称号。一九六二年被授予丹·斯里封号。一九七三年，在马来西亚国民大学第一届毕业典礼上获得荣誉博士。他擅长写作古典诗句，并且对古典马来文学有较深入的研究。

知识的优点

知识是条魔法鱼，
光芒耀眼而纯粹，
无论如何得到它，
至死难以被分离。

价值连城无法估，
整个世界无法买，
能力之大难衡量，
上天下地入海洋。

独处时它是朋友，
能畅谈指明方向，
集会时它作序言，
点缀某人的报告。

伤心时它作消遣，
迷茫时它帮解释，
它是墓中的烛台，
若遇它则行善事。

它引领去天堂路，
它润湿干渴喉咙，
它是河流它是井，
浩瀚大海也是它。

它是有用的工具，

智者则梦寐以求，

所及之处广而远，

远无边缘和界限。

（张静灵　译）

青少年指南

记忠告年轻人，
勿撒谎勿欺骗，
勿吝啬无限爱，
勿挥霍无用物。

勿诽谤勿嘲讽，
勿陷害勿憎恨，
得赞扬勿自满，
勿轻易悔诺言。

勿要赌博喝酒，
勿思色情淫秽，
勿与毒蛇为伴，
否则自食恶果。

勿借钱勿欠债，
勿随意求帮助，
忌要依附于人，
应享自由生活。

勿借债勿放债，
借无还乃常事，
密友反倒疏离，
欠债易毁自尊。

勿常惯于求助，

这儿跪那儿求，
奈何无计可施，
最终黔驴技穷。

尝试自力更生，
某刻能力全现，
勿骄傲于出身，
或兄妹的成就。

这是我的忠告，
青年们请铭记，
若真主愿赐予，
国家由你复兴。

（张静灵　译）

现 代 篇

阿卜杜·卡法·易卜拉欣
（一九四三年至今）

　　生于雪兰莪州峇玲珑小镇。父亲易卜拉欣·卡迪·胡辛常往返士毛月、新加坡和苏岛做买卖，在闲暇时喜欢舞文弄墨。其祖母在他年幼时经常给他讲述古典马来故事以及英雄和帝王将相列传。他自幼亦热衷学习马来武术和传统马来舞蹈，并经常受邀在乌鲁冷岳县内和吉隆坡参与酬宾演出。这样的文化艺术氛围对他以后从事文学艺术事业产生了不小的影响。

　　他一九七四年参加爱荷华大学国际写作计划，一九七六年获得玛拉工艺学院（现升格为玛拉工艺大学）资助赴美深造，获北伊利诺大学艺术学士和东伊利诺大学艺术硕士学位。回国后历任玛拉工艺学院和吉隆坡专科师范学院的艺术导师。一九八二年开始在马来西亚国民大学担任讲师。自一九五八年，他的作品以故事、评论和传奇故事的形式发表在《儿童信使报》上。他是吉打州写作协会杂志的特约作家（一九六七年至一九七〇年）、《新诗歌》杂志的亚洲主编（一九七四年），并于一九七四年与拉迪夫、穆斯塔法·易卜拉欣、祖尔基弗利·达哈兰和阿里·拉哈玛组成了"自然之子派"。

　　他的诗歌融合绘画技巧，含有浓厚的声视特色，他于一九六五年首先倡导 3V 诗观：韵律化（vocal）、口语化（verbal）、视像化（visual），开始受到瞩目。他认为，口语化指诗之内容，让人易于领悟与理解，韵律化指诗之声音效果，视像化指创作技巧。诗人的创造性调动读者的情智，以掌握诗义。读诗必须能留下美妙的体验，韵律必须逐一仔细倾听。承载与传达诗歌的媒介不受限制，可以在纸上，或通过电视、收音机、幻灯片和电影。在纸上它以独特的方式自我呈现。收音机和电视强调韵律的轻重，带出口语化的影子。幻灯片和电影则表现诗之轮廓和图形。诗歌产生的方式被称作视像化。由于他对诗歌的实验性和开创性努力，因此被视为前卫诗人。除了写诗，他也是一位著名画家，曾经在马来西亚、新加坡、印度尼西亚、泰国、菲律宾、文莱、澳大利亚、比利时和美国开画展。已出版个人诗集《我尊贵的月筝》（一九七六年）、《达敦》（一九七六年）、《的的》（一九八六年）等，并有多部诗歌合集。

在国外

不是经常出国
搁下公务并非易事
一旦在国外

得以从国民深沉的领悟
与带着多种含义的微笑
愤愤急求答案
审视故园的生死

在国外难得舒坦自在
得以看清故国河山
分辨忠奸黑白
谁是亲属谁非亲族

有时为了衡量自己的价值
竟无法在国内完成
在国外却色调清明
个人感受忠于集体

在国内
总让那种情状笼罩
在国外我等摆脱
这种种状况
得以清醒和以开阔的胸怀
彻底看待祖国的根本障碍

在国内我们心痛

犹豫和警惕

在国外我们变得更自在

勇敢、自豪且爱国

（庄华兴　译）

www. 独立网 .com.my

在我独自的园子里

　　我栽下大片计划

　　为解放苦难民众

　　对抗黄昏和黑夜。

在我独自的国会里

　　我争论各类议题

　　来解放各种思路

　　拒绝生活的困兽之斗。

在我独自的海洋里

　　澎湃的浪拍打宁静的海滩

　　为了考验善行和信念。

在我独自的巨人中

　　也曾被鼠鹿的诡计愚弄

　　所幸幡然醒悟为时未晚。

在我独自的舞台上

　　我练习挡风

　　我练习翻云

　　体验一部又一部

　　无法预料高潮的剧本。

在我独自的会场里

　　我不再因约束的语言

感到焦虑

我不再因抨击的词藻

感到窒息。

当独立网络降临

至我的挑战之家

我呼唤自己来协商

是拥护、排除或反对

我来作决定

当时我不了解自己的限度

来阻止失败的重复。

如今，我的船已停靠在年龄的港口

我下船面对现实生活

事件来去流转自如

就如白天召唤着夜晚

而独立网络依然闪着光芒

继续流淌在记忆长河中

避免自己沦为无用之人

在真主的殿堂阐述自我。

（张静灵　译）

害怕夜晚

如果害怕夜晚
那么真正害怕的是什么
因为这不是生活的真谛
明天当你看到太阳
它的光芒必定驱赶夜晚
在它的领地露出孩子般的微笑
夜晚如我们一样流浪着
并非一成不变。

心中的梦想依然
继续燃烧
脸上如此清晰
在凶狠的灵魂里展现白天
堆积的历史充塞世间的书籍
有时人类跌倒而获得了教训
瞬间醒来并停靠在
一个又一个的港口
意识时常涌现
将到达最初的目的地
我们屹立在梦想成果上。

因此夜晚有什么可怕的
因为明天照样会有白天
只要胸中仍存热血。

（张静灵　译）

艾哈迈德·萨玖

（一九四二年至今）

出生于雪兰莪州的巴生。一九五八年至一九九七年，他在不同的小学任教，共三十九年。他在读书期间就对文学和写作产生了兴趣，二十世纪六十年代开始写作诗歌，作品常常刊登在主流报刊上。诗歌主题随着他的生活环境发生变化，从最初对乡村自然环境的描绘到之后对社会问题和政治议题的回应。他的诗歌体现了他的人道主义情怀、诗人的使命感和对社会的责任感。

他曾获得马来西亚文学奖（一九七一至一九七二年度）、大众银行－马来信使报奖（一九八六年、一九八九年）、吉隆坡市政局－语文局奖（一九九〇年）、独立诗歌奖（一九九二年）及马来西亚首要文学奖（二〇〇一至二〇〇二年度）等。目前已出版的诗集有《时间之花》（一九八六年）、《浪花》（一九九二年）、《真男人》（二〇〇五年）、《品德的宝石》（二〇〇七年）及《一滴墨汁》（二〇一四年），此外他还有很多作品被收录在其他诗歌合集中。

城郊的稻田

成为哀歌和讽刺
放任煽动
种下谣言
撒下不和的种子。

风吹皱了草
稻田的粮食
被遗忘在城郊
尘土灌溉着它
争辩和历史的
光辉照耀着它。

尊严呵护着它
信任养育着它
不安时常扼杀
武士震颤的声音
剧烈而深入人心。

在城市的记载中
有多少，被保留了下来
被发展占据了
被房屋填补了
那看似微不足道的财富。

成为无言的遗嘱
成为无词的字句

成为没有证明的拥有

成为失声的信任

成为失去灵魂的躯壳

成为失去权利的遗产。

（张静灵　译）

剑仍在你手

为了继续斗争
有时你不得不认输
心被划伤
被迫消声
沉默隔断流言
退让以寻找智慧

如果你觉得太苦
回到现实吧
斗争肯定有荆棘
斗争肯定有曲折
斗争肯定有辛酸苦辣
斗争肯定有起起伏伏
如果太细千万不要将它折断
如果太紧千万不要将它拉扯
如果有缝千万不要将它毁坏
如果断裂千万不要将它丢弃
如果破洞千万不要将它弄沉

此刻你领悟了坚毅的含义
敌人忠贞而朋友刺伤你
仇人忠诚而亲属诽谤你
因为有时候
沉默的人嘲笑我们
点头的人嫉恨我们
有的佯装积极发声

反对的却成为朋友

明智的人放低声音

谦逊的人继续祈祷

忠诚者愿意牺牲自我

剑仍在你手中

为了继续斗争

在用它的锋利剪裁后

你应已学会和老练

躲避伤害戒备友谊

因为让你坠落的

不是敌人，而是朋友的诡计。

（张静灵　译）

真理的颜色

谁在说话
谁总是沉默
谁善于言辞
谁又在曲解。

谁选择了颜色
谁更换了颜色
谁借助了颜色
谁又拒绝了它。

如今的颜色拥有伙伴
如今的颜色暗藏讽刺
如今的颜色蕴含芬香
如今的颜色带有鳞毛。

白色不代表纯洁
红色不象征鲜血
蓝色不寓意安宁
黑色不意味地狱。

如今的颜色改变了含义
如今的颜色更迭了韵律
如今的颜色调整了结局
如今的颜色不属于画家。

真理的颜色改变了

何时白色变成黑色

何时黑色变成白色

何时团结变得迷惘？

（张静灵　译）

诗歌之林

思雨浇灌着它
知识之光
时刻吸引着诗人
探索诗歌之林

以其睿智
以其体力和心智
穿过智慧的雾霭
寻找礼仪的美丽
寻到永恒的圣洁
花之芬芳
采摘露珠的气息
根登山
树木分开雨林树叶
知识之林的诗歌之林
探寻秘密
挑战
这是拥有宝藏的森林
玄学的森林，对探寻者而言
采摘自然之音
衔接相近之色
撷取树叶之歌
锻炼小腿之力
撒播人生之奉献

（张静灵　译）

阿妮斯·萨碧琳
（一九三六年至今）

出生在柔佛州新山，是一位二十世纪六十年代十分活跃的诗人，笔名有"妮儿"和"努莱妮"。一九五九年获得新加坡马来亚大学学士学位，一九六七年在美国攻读政治学，一九七六年获得克莱蒙研究大学的经济学博士学位。曾在马来西亚语文局、驻外大使馆、马来西亚贸促会等单位任职，旅居美国长达二十年。

她从二十世纪六十年代开始写作，主要写诗和短篇小说，主要关注女性话题。因为受到美国二十世纪六十年代的女权思潮影响，她强烈抨击马来西亚社会对女性的偏见，认为女性同样具有竞争力和与男性平等的地位，不应被家庭和传统观念束缚。因此，有学者将她定义为马来西亚最早的女权主义作家。曾出版诗集《茉莉花开》（一九八二年）、《交响乐》（一九九六年）和《诗歌集：光谱》（二〇一一年）。诗歌《两个世界》获得一九八二至一九八三年度马来西亚文学奖。

我无法忘记

我无法忘记
我无法忘记
少年时的纯洁之地
蓝山嬉戏的地方
绿色的柔佛海峡
被橘树围绕的菠萝蜜树

我无法想象
我无法想象
时间飞快流逝
清晨的太阳追逐着黄昏
鸡蛋花的花瓣
薰香带来一丝祝福

我无法记录
我无法记录
来来去去的朋友
夜晚的影子平添惊悚
诺言被时间湮灭
门也一扇又一扇地关上

我无法讲述
我无法讲述
所有诺言被填满
所有的爱被理顺

长长的小巷迁回弯曲

不知何时再相见

（张静灵　译）

幻　想

白马在狂风中飞奔
奔跑时蹄声嗒嗒作响
锥形脖颈被闪电鞭笞
长长的鬃毛随风舞动

狂风鞭笞着成团乌云
天空和月亮变成红色
狂风如此咆哮怒吼着
天空和大地变得阴暗

野蛮的力量迸发着
白色的牙齿光芒闪耀
吐出泡沫
发起疯来
凶恶的眼神燃起怒火

白马在大自然奔跑
大地也因怒而震颤
愤怒的尖叫声
穿透刺骨的夜
令人毛骨悚然

将被带去哪里
与灵魂和幻想一起消逝

在世界末端，时代尾声

生命永恒

（张静灵　译）

来自旧金山的信

马来西亚
挚爱的故土
离开十三年之久
回忆仍鲜活如初

十三个旱季的轮回
思念与爱从不泯灭

不论离开多久
我的爱仍光辉闪耀
哪怕白雪皑皑堆积成山
洛杉矶至圣安娜的狂风不止
加利福尼亚地震的肆意摧毁
我依然是祖国的孩子
深爱的祖国马来西亚

一万英里的距离
那对面的大汉山
光芒之城吉隆坡

我多么想念椰树的摇曳
东海岸渔民的船只
吉打州的稻田
以及美丽的城市，新山
我在山与海之间长大

太平洋

将我与我热爱的祖国马来西亚阻隔

日后我会在你的梦中

勿忘我的名字

我将会回来

（张静灵　译）

阿旺·阿都剌

（一九五三年至今）

生于吉兰丹道北布奴素素村。华裔作者，原名方忠义。少失怙恃，与兄长相依为命。之后跟随兄长皈依伊斯兰教。

他于一九七五年进入新山天猛公师范学院受训。执教期间，凭自修考入马来亚大学的马来学系，一九八三年获文学学士学位。他于二十世纪七十年代中期开始写诗，至今不辍。已出版诗集《我们将成长》（一九八七年）、《牛谣》（一九九一年）、《电报诗》（一九九一年），传记《阿兹士贾宾传》及青少年小说《玛斯杜拉》（一九九〇年）、《苏莎孤剌珊》（一九九一年）、《明日之歌》（一九九一年）、《渡头流萤》（一九九三年）、《铁山记忆》（一九九三年）、《村童》（一九九六年）等。

他的作品曾获得多项文学大奖。马来西亚语文局曾委派他赴印度尼西亚进行文学考察与学习。一九八八年又获教育部委派赴日本参加二十一世纪友好交流计划。除了创作，他也积极参与登嘉楼作家协会，成为该协会理事。曾任登嘉楼龙运莆莱穑赖国中的学生事务副校长，目前已退休。

时代点染

站在你崇高的崖岸

有雨水

在勾勒寂寥的风景

这儿

松弛的生活之川

拽着时代的纷扰

至河口

偶尔我们必须重新

以时间

凝聚信心

或以坚定的信念

把个人的价值

与这失序调和

无论何时

我们亦须懂得在祂的自然画布上

在无数错综的线条间

安身立命

因为我们

受托完成这幅画

待他年

展示在

公正的殿堂

（庄华兴　译）

断流的肯逸河

把人围困的是

感觉

被围困的是

泪水

此处的一条河

已成蛇

蔓延

环回

矮青与处女林

猕猴与猢狲

长尾猴与长臂猿

鼷鹿与花鹿

和疲惫的群象

沿着断流的肯逸河

踽踽前行

（庄华兴　译）

电报诗

一

归家
速归：

张开你洁白的羽翼
庇护人类子弟
对烧毁的世界曾有的梦

二

致理性
速归：

你的政客生涯
渐迫近
漆黑的
情绪的巢穴之中

三

致成熟
速归：

把合理
注入意义之中

把言语
注入真诚的锐意

四

致自己
速归：

你的诗人
遗失了脸孔
那老屋的镜子
已然破碎

五

致读者
速归：

回到你自省的家园
快快自省
归来吧

（庄华兴　译）

安瓦尔·李端
（一九四九年至今）

　　生于雪兰莪州大港。安瓦尔在六个兄弟姐妹中排行老幺，在大港马来小学接受启蒙教育。一九七三年毕业于马来亚大学，一九八三年获硕士学位，并于一九九八年完成博士学业，翌年赴日本东京大学访问讲学。他一直在马来西亚语文局工作，直至二〇〇五年退休。

　　安瓦尔在马大念本科时开始与文学结缘。除了小说和诗歌，他也撰写文学评论和舞台剧本。他的短篇和长篇小说多次获奖，其中第一部长篇《一个艺术家最后的日子》于一九七九年获第二届作联—沙巴基金会长篇小说创作奖，这部作品先后被翻译成日语、法语等，亦由剧作家佐汉·查化改编，巡回吉隆坡、哥打基纳巴鲁、古晋和新加坡公演共十四场。第二部长篇《洪流》获得一九八四至一九八五年度马来西亚文学奖。二〇〇二年获东盟文学奖，其作品《阿贡索图叙事》亦获得二〇〇一至二〇〇二年度马来西亚首要文学奖及二〇〇三年东南亚马来文学理事会奖。他的小说语言诗化、技巧新颖、题旨与内涵深厚，在短篇和长篇小说上取得的成绩奠定了他在文坛的地位。二〇〇九年他被授予马来西亚国家文学家奖。

他的诗歌中充满了各种具有逻辑的符号和象征，较多地使用暗喻，对语言的诗性强调多过诗歌的结构。目前共出版两部诗集，分别是《创自泥土》（一九八五年）和《创自疑问》（二〇一三年）。

有一种思念

当亚当思念着夏娃
当分针思念着秒针
当月亮思念着大地
当上游思念着下游
当纸片思念着钢笔
当舞台思念着话剧
当诗歌思念着词藻
当手臂思念着手表
当手指思念着戒指
当床铺思念着新人
当炸弹思念着城市
当流星思念着太空
当金钱思念着货物
当疲倦思念着椅子
当倦意思念着梦乡
当坟墓思念着遗体
当火焰思念着生肉
当地狱思念着天堂
当……思念着……

（张静灵　译）

分担痛苦

我听到弹壳从枪中滑落
述说着一座森林的伤痛

我看到渔网被抛下
记录着大海的回报

我听见尖锐的响声
在分针和时针之间

我照顾你们，鸟儿们
（在笼子里）
我照顾你们，热带鱼
（在鱼缸里）
我在这儿照顾着自己

什么让我们更幸福
除了互相分担痛苦
你三分之一，你三分之一，我三分之一
在我们仨的世界里

（张静灵　译）

某一天

太阳
　　曾经打从这窗口离去
留下裹尸布
飘忽的影子

难道他遇上你
我的未婚妻？

窗帘隔开
消逝的思念
火车已远去
石堆也冷了
停泊的船只沉寂

我依然想念你
那天
窗口蜘蛛结网
窗帘不再飘忽

使你想念的一切
经已离去
越过死亡幡柱
开始永世游荡

如今我在梦里的斗室
窗口与墙壁之间

等候离去的那一时刻

去到思念的河口

裹尸布已腐烂

蜘蛛网不再

死亡消逝召唤着来客

而太阳

不再经过这窗口

往返来去

（曾荣盛　译）

拉迪夫·莫西丁
（一九三八年至今）

出生于森美兰州芙蓉市。一九六〇年前往柏林艺术学院学习，毕业后还前往法国和美国继续深造。留学期间，他的足迹遍及西欧各国，之后又游历东南亚诸国，接受了东西方文明的洗礼，大大开拓一个艺术家的创作视野。一九五一年他开始绘画创作，并成为马来西亚国宝级画家，曾在亚洲和欧洲举办过三十多场个人画展。除了绘画之外，他从一九六三年年初开始写诗，并活跃于二十世纪六七十年代的诗坛，《湄公河》是该时期的代表作。他曾多次获得马来西亚文学奖和诗歌王子奖，是马来西亚杰出的现代主义诗人之一。一九八四年，他获得东南亚文学奖。他受印度尼西亚诗人凯里·安华的影响。已出版诗集《湄公河》（马中双语，陈瑞献、梅淑贞译，一九七四年）、《夜游》（一九七四年）、《皮影戏》（一九七七年）、《来自内陆的碎片》（一九七九年）、《时间边缘》（一九八〇年）、《晓曙诗集》（一九九六年）等。其诗歌已被译成多种外语，包括英语、汉语、德语、意大利语、丹麦语和泰米尔语。

拉迪夫的诗歌体现作者心灵深处的真实多过对现实社会与政治议题的观照。他的诗借由感觉和自然界诸种物象，勾勒出非常奇妙的感知世界，体现了他敏锐的感觉和丰沛的想象力。他的诗歌语言精练、诗行短促、意象繁复、色调鲜明、形式不拘，有的更重视视觉效果。在某些方面，拉迪夫的诗歌虽体现西方"具象诗"（concrete poem）的某些痕迹，但他却对土地有深刻的挖掘，真正体现了东方马来民族与自然万物相互依持的心灵联系。

湄公河

湄公河
我选择你的名字
因寂寞之故
我将把我的胸脯
埋入你的怀抱
我的右脚跨向月亮
左脚踏向太阳
我将让我的心
漂向你的河道
我让名字奔向河口
我让声音回归山峦

湄公河
你的鼻息如此平静
身躯的摇摆如此徜徉
在你岸边
有哀伤的母亲
寻觅儿子消失的声音

当她低首
贴向你的脸庞
你仍微笑无恙

湄公河
且结束你白昼的舞姿和荡漾
我看见你的河床

一蓬蓬的血花

受伤的石头

今夜

北方暴雨将至

你的堤岸将坍塌

你的河水将转红

你的激流将比尼亚加拉

更湍急狂暴

（陈瑞献　梅淑贞　译）

你在寻找谁？

你在寻找谁？

从房间到厨房
从客厅到阳台
从后院到庭院
端详着一个又一个身影
从一个房间到另一个房间
每一个夜

你在寻找谁？

到稻田的末端
从河边到山谷
从矿山到海边
树下和大石后
长久凝视
每一个夜

你在寻找谁？

踱来踱去
从城市小巷到酒店
从按摩房到度假村
到偏僻黑暗的房间
敲着房门
每一个夜

你在寻找谁？

从礼拜堂到清真寺
从酒店到火车站
从车站到医院
从机场到渡轮
审视疲倦的面孔
每一个夜

你在寻找谁？

如果不是你自己
每一个夜

（张静灵　译）

平静带来了烦恼

平静带来了烦恼

烦恼将你带到

这里

你已选择

不再沉默

每一次与你相握

感觉良久

每一次与你分别

感觉咫尺

当门关上时

你想出去

当门打开时

你想坐下

你坐下为了站立

你打开的包裹

被你重新包好

你请求的被你拒绝

你捕捉的被你放归

服从之后你却反悔

获胜之后你又认输

平静带来了烦恼

烦恼将你带到

这里

但家并不在此
你要再次流浪

（张静灵　译）

谁将会记起我

已酣睡在床上

躺着进入梦乡

忘记白天老农民

疲倦的步伐和声音

我来到了田里

踱步在冷清的房屋边

尝试记起树木的名字

记起茅草里的小鸟

记起鱼塘里的鱼儿

而谁将会记起我

这不知名的身影

默默消失在黑暗中？

我将要走一会

踱步在冷清的房屋

等待困意再次袭来

（张静灵　译）

蓝　沙

　　——给查

一

蓝沙

　　晨曦之舌

　　在破晓时分

蓝沙

　　浪涛之舌

　　在沉睡的大海

沙在你舌上

　　在晨光中颤抖的

　　舌头

　　在破晓时分

　　在你舌上

蓝沙

　　揭开

　　爱情的秘密

　　露珠的秘密

　　海洋的秘密

　　夜涛的秘密

二

在这晨早

　　两颗心

　　在灰色的

嶙石之间

颤抖

而神秘的呼唤

在海洋深处

再度回响

太阳

红色的苔

黏附岛屿眉梢

她肩上列着

紫色云彩

在那里呵

绿色的船儿划来

眷恋晨曦的人

老渔夫们

在黑暗中

在阒静中让鱼肚

在远天

涌动

顷刻间只见

浪涛

兴奋地翻腾

而沙鸥

不知自何处

掠空俯冲

三

我们终于见面

在这晨早之舌

没有讯号

没有言语

　　而两只幼虫

　　　俯卧

宁静地

　　吮吸着

　　　点点斑斓彩虹

迸裂的太阳

　　已然淹没

　　你舌头的浪涛

蓝沙

（庄华兴　译）

木麻黄

木麻黄

死亡在等待

北风

在水湄

北风

在日子尽头

老鸦

等待死亡

木麻黄

在水湄

木麻黄

在指梢

（庄华兴　译）

内陆的黄昏

犹如内陆的黄昏
远离喧嚣的马路
偶尔感到宣礼声响起
在心房产生共鸣
如风般温柔冷峻
徐徐地响起回音

在此我看到天际
扬起大地的黄土
干土如甲虫薄翅
被孩子紧握手心
在稻田中央撒向远方
因为黄昏已至
他要归家

如这个孩子一样
我陷入病痛并坐立不安
汗水和咳嗽湿润了地板
我忘了心中固有的宁静
我忘了日光和水的饥渴
偶尔感到风儿带来
海上紫色和赤褐色的船只
火车驰向天际
带走了点点蜂蜜

无声无息地躺着

我将脚底埋进昏暗里

知道了不曾认识的地方

在这个黄昏我靠近了它

因为我已经忘却

道路的曲折

看到的颜色

仿佛出生那刻

将会再次重来

（张静灵　译）

沙末赛益
（一九三二年至今）

出生在新加坡，虽然出身贫困，但在父母的关爱下，上完传统的马来语小学后就转到城里的维多利亚英语学校学习。毕业后在新加坡政府医院当一名职员，后迁居吉隆坡，在《人民思潮》和《马来西亚前锋报》担任助理编辑。在这期间，他和其他逗留新加坡的马来青年作家如阿斯拉夫、乌斯曼·阿旺、维再耶·马拉等熟识，并认识韩素音及印度尼西亚作家如伦德拉、普拉姆迪亚·阿南达·杜尔、阿基·罗西迪等。他喜欢阅读西方小说，也喜欢中国李白、杜甫以及印度大诗人泰戈尔的作品。

他是二十世纪五十年代中期以后重要诗人之一。他以写浪漫诗起家，继而转向反殖民与独立建国的主题。作品被译成多种外文在国外发行，广受欢迎。穆罕默德·哈吉·萨列认为他虽然勇于接受新思潮，但旋律依然在诗中流动，而且并未乘离马来诗歌的韵律与节奏。他的诗从长句、叙事格调过渡到短句、着重意象的铺陈，充分体现其独特诗风。前者以《烈火野焰》和《在闪烁的星空下》等为代表，后者则可以从《始终如一》窥见一斑。

他左手写诗，右手写小说和剧本。长篇小说《莎

丽娜》使他一举成名，之后还创作了《河水悠悠》
（一九六七年）、《岛屿前方》（一九七八年）、《午后
天空》（一九八〇年）、《晨雨》（一九八七年）、《范
素芮之爱》（一九九四年）等作品。已出版的诗集有
《希望的种子》（一九七三年）、《含羞草与野蕨心》
（一九七五年）、《屋顶的声音》（二〇〇三年）、《思
念母亲》（二〇〇四年）、《沙末赛益》（二〇〇五年）、
《六十八首银杏树诗》（二〇〇八年）等。近年他积
极参与推动社会的改革，笔耕不辍。一九七九年获
得东南亚文学奖，一九八六年获得第四届国家文学
家奖。

如　果

如果山丘成高山

高山富饶森林

如果病痛推动沉思

沉思激发成长

生活充满挑战

如果木筏成大船

大船成方舟

如果觉醒对抗失败

失败萌生谦卑

生活充满福报

（林宛莹　译）

影　子

只能

在微光中

我看见

影子

在黑暗里

变幻

然而，七盏

灯寻找

七个，角落

一同寻找

我的影子

过度明亮

我失去了

影子

（林宛莹　译）

生活在一起

我们已经来到这如此美丽的山坡，在彩虹之下，

在具有挑战的地平线上，

我们真诚地为尊严而承诺，

平心静气地去面对所有的挑战和刺激。

我们只追求纯真与洁净，

规律的生活，并懂得善解与文明。

因为顶峰遥远，我们必然需要再努力攀登，

在激烈的动荡和狂风中，

丝毫不会阻碍我们的决心，因为独立，

我们被教育成说话彬彬有礼，

我们的信心能够抵抗敌人，诚恳正直让我们获得更多友情，

这些都是幸福的核心基础和灯塔。

我们与准备好歌唱的孩子们一起来到这里——

健康，强壮，坚定而勇敢。

绕着湖泊，攀登山峰，

我们教会了他们宽容的精神与奉献的心，

我们的祖国将更加美丽，高贵与庄严，

如果我们经常懂得感激神的恩赐；

那么地球将更肥沃，繁荣与高贵，

如果我们努力工作并承诺生活在一起。

祖国会给予我们许多和谐的生活；

独立推动着我们站起来与奉献。

我们已经到达这美丽的山坡，我们还会坚持不懈地攀登，

抵抗敌人，增加朋友，绝不会有厌倦和恐惧的时候，同时也不

会有所忧虑。

在这新的纪元里，我们应该更有团结精神，

我们以祖国和民族之名踏上路程——

我们光荣因为独立，我们自豪因为幸福。

我们的孩子将来会更加敏捷与知识渊博；而我们，在历史洪流中，

将是美好和自豪的，因为美丽的云彩，层叠的彩虹更加和谐，

自己的容颜和个人的核心价值是给予我们生活以及民族独立的

主要支柱，

我们将时时刻刻准备好去学习善解并勤奋地生活在一起。

（林宛莹　译）

含羞草

含羞草和芭菇菜
颤抖在雨中

夜未央
河水淙淙急湍
破晓时分
河水畅流鱼儿嬉戏

含羞草和芭菇菜
我的爱长年盛开
哪怕成年的我多受到
独守空闺寡妇的挑逗

我毕竟无法忘怀
含羞草和芭菇菜

（曾荣盛　译）

我们是黄昏的过客

我们来此仅是黄昏的过客
那刻到来我们将回归上苍
我们空手而来心胸坦荡
回归时则带着罪恶和善行

那些认得回去方向的过客
带去德行献给真主和圣人
那些迷失回去方向的过客
请勿再次背叛真主和圣人

当我们看到人类忘记了身份
或顿时迷失在追逐地位和官职时
我们立刻醒悟我们拥有指引
我们立刻记起我们拥有决心
当我们看到人类被放任不顾
任其在蓝海和黄土地上颠沛流离
我们应立刻意识所担的责任
我们应满怀仁慈认真地祈祷
我们携着一个灵魂和躯体而来
应带着天赐的德行归去

（张静灵　译）

瓦哈·阿里
（一九四一年至今）

　　出生于雪兰莪州万宜。一九五八年至一九六二年在苏丹依德利斯师范学院读书，之后成为小学老师。一九七一年获得马来亚大学学士学位，一九七四年获得马来亚大学硕士学位，并留校任教。一九七九年前往澳大利亚国立大学攻读博士学位，一九八五年毕业。一九八三年赴美国爱荷华大学参加国际写作计划。在马来亚大学任教期间，他是该系创作课程创办人之一，栽培了不少写作新秀与文学推动者。

　　他在恪守传统马来价值观的家庭中长大，接受纯粹的马来源流与宗教教育，出国深造专攻现代马来文学。体现在他诗歌中的是鲜明的马来人价值观、人生观与思考方式。除了写诗，他也写小说和文学评论。但自他二十世纪七十年代进入诗坛后，其诗人的形象更加深入人心。他与柯玛拉、拉迪夫、穆罕默德·萨勒、达尔玛威贾亚等齐名，他的佳作是《瓜拉登嘉楼的细语》。

　　他的诗作《四十以后》获得一九八四至一九八五年度马来西亚文学奖。一九九四年，获得东南亚文学奖。已出版诗集《邂逅》（一九七五年）、《负罪者的诗》（一九七七年）等。

蓝雪上漫步

在平坦的白雪上
两双眼睛
来自两人的眼眶
凝视新的脚印。

两行柔软的脚印
追逐着他们。

当相遇
在寂静的白色
冷风飕飕
刮到镜面。

快成年时
两个人
蓝色
寻找颜色
在蓝色的
雪上。

（张静灵　译）

瓜拉登嘉楼的细语

我是后来者吗？
在我曾熟悉的屋内
或仅仅作为女婿
触摸
在绿色筒裙下

我的感官仿佛在说谎
我有点恍惚
游客穿梭
穿着 T 恤和长裤的女人
是我的朋友，爱国大学生
已经搬了家
招待新朋友
或感受当地女孩的热情
或孤独会更好
比起以前那么高谈阔论

或者那个陌生的我
被故事吸引
出租车司机和老朋友
关于偏僻家庭的饥饿
在瓜拉巴浪偷木薯被抓
山后那个没有钱的生病老人
埋怨其女儿的所作所为

这所大学是否过于僵化？

淹没我在书海中

在生活外危机重重

满脑子围绕着物质

女人和发展

受益于自己和周遭

像学者一样接受着：

现代化是反传统的

我们塑造选择性的道义

（张静灵　译）

早晨的鸟

你已起早
梳理羽翼
不知你鸣唱了几遍
终把我唤醒

我起身
走到门边仍打呵欠
一柱阳光
照在胸脯上
我的工作正在等待

我看见
你啄着砂米——你的第一道餐点
飞越树木贫瘠的城市
莫非那里有硕大的虫子
或零碎的腐面包
和学童吃剩的残肴
成为你的生计
我以为：这城市对你太狭小

然而只有一丁点儿肉的
你

对自己小小的羽翼
满怀信心
生儿

养妻

当我跨出家门

你的歌声悠然飘过

我惭愧

　　作为公务员的我

　　比一只早晨的鸟

　　更渺小

　　　　时时忧虑：

　　　　关于工作

　　　　和妻儿

早晨的鸟

以坚定的信念

啁啾而去

（庄华兴　译）

当远去

我感觉到

你总是在我身边

因为每次我经历的

你也全感同身受

孤独地在人群中

遇见那些我不相识的人

你们的声音回绕在耳旁

家庭中的淘气和武断

没有拉开我们的距离

这个记忆的夜

我成为了

一位父亲和丈夫

过于在意

自己的含义

月影下你的母亲在祈祷

你在等候

我从沉浸的诱惑中出现

重塑自我

成为一位坚毅的

父亲和丈夫

（张静灵　译）

巴哈·再因
（一九三九年至今）

原名巴哈鲁丁·再纳。生于马来西亚霹雳州半港，一九六〇年进入马来亚大学，一九六三年毕业并获得文学学士学位。毕业后，巴哈·再因进入马来西亚语文局担任研究助理，一九六六年调至字典编纂部门。一九七〇年至一九七二年就读于印度尼西亚大学文学系。硕士毕业后他再次回到语文局，担任《文学月刊》《文化月刊》和《语言月刊》的专栏撰稿人。巴哈·再因从一九八二年起担任语文局副局长，一九八四年辞职经商。

他从二十世纪六十年代在诗坛初露头角，著有诗集《七声》（一九六九年）、《女人与倩影》（一九七四年）、《午夜的笔录》（一九七八年）、《三次旅程的摘录》（一九九一年）、《从乡村往城市之路》（一九九四年）、《面具》（二〇〇三年）、《延缓的事实以及其他诗歌》（二〇〇八年）等。一九八〇年获得东南亚文学奖，二〇一三年获得马来西亚国家文学家奖。他拥有独特的个人风格，他的声音反映其最真实的一面。

《延缓的事实以及其他诗歌》的前言中这样写道："他的诗歌世界在当代出类拔萃，因为他经常观察国家的发展，及政客们互相矛盾的说辞。此外，他的经历也来自于他对天地万物、悲剧、战争、讽刺和边界时间及旅途体验的深入了解。这经常影响他作为诗人的生活及写作，以及他的个人特质。乡村是他的故乡，而城市则是他的家园及工作地。因此他写作的主题多环绕在传统社会破碎的过程，以及'从乡村到城市'的不愉悦迁移，犹如灵魂已脱离了躯体的移民。巴哈努力解读人类的人性和关系，以及寻找它们独特的重要性，并且不屈服于陈腔滥调或泛泛之谈。"

延缓的事实

我赤身躺在床上
凝视着孤独的镜子
我痛苦的身体，苍白的皮肤
宛如一世纪的痛苦被压缩成一秒钟
恳求终止它却被拖延
至某个未知的日期

哦，我充满清新与活力的爱人
我在月盈的银光下
　　　向你撒谎
沉默中无须任何言语
一瞬间获得真相的庇护
而今镜中的眼神折磨
　　　着我
只因我无法再编织谎言

我应活在朋友群中
无论是与外交官、教授或律师谈笑风生
全都臭味相投——尔虞我诈
欺骗他们的女人、孩子及朋友
我不应再写诗作歌
宁可在暗巷中徘徊
抑或躺在女人的胸怀中
因为一切谎言及承诺
不曾成为事实

（冯伟帅　译）

花园之歌

一

夕阳余晖朦胧

绿叶果实花朵与尖刺

影光色彩重叠

云雨不断交替

被都市刮伤的脸庞

每天带着焦虑

我数着远处的星辰

夜变得更沉静

在晨起祈祷的寒冷中

计算着逐渐增加的岁数

蜂鸟成双飞越窗前

茉莉花的宽叶

怀着信息与智慧

不断延伸嫩枝

二

午后细雨纷飞

天空阴霾与寂静

只听见雀鸟

在日子末端啁啾

三

枝叶翠绿与清新

槟榔冒现窗前

篱笆上的松鼠

在夕阳下跳跃

四

屋角的九重葛

茎枝带刺

一对鸟儿赶在黑夜笼罩大地之前

飞落地面

（冯伟帅　译）

女　人

你的发丝，是浓密的翠林
你的呼吸，是山峦的疾风
强劲诱人
你的爱情，是拍岸的浪涛
你的激情，是不羁的风暴

唉，浓密翠林
唉，山峦疾风
唉，拍岸浪涛
唉，不羁风暴
用你暧昧的语言诱惑我吧
野火、狂风、大地、清水
　　　是驱动我的字句
有如你狂野的欲望
　　　无处不在

我依然无法了解你
欲望的波涛在你的腹内翻腾
炽热的气息从你的双唇呵出
是我无法掌握的形体
你惊人的力量穿梭于
　　　你半知半觉之中
介于女人的耐心
　　　与原始的欲望
我的女人是轻烟
　　　云雾的创造品

笼罩所有的梦的黑绸是多么粗厚

我与你之间的秘密距离是多么遥远

仿佛浓密的翠林

丝毫不让阳光渗透

有如落叶的清香

宛如在你胸脯吮吸的婴儿香味

无限的喜悦

无限的危机

你是我将在辽原

　　驾驭的女人

你的声音宛如我不知何处听闻的

野马嘶鸣

遭沉默吞噬，可你足部的尘埃

　　模糊了视线

在原野上自由奔驰的你

让人无法看清你身上毛发的

　　色彩

（冯伟帅　译）

帝皇与竹马战士

"他们被称为战士
人数过万，骁勇善战
效忠帝皇
被称为英雄的人少之又少，因为
他们有能力战胜自己贪婪的
欲望"

他不是巫师
他不是学者
他不是将领
他是一切的一切
帝皇中的帝皇

当他下令前进
战士们开始奔驰
当他下令战斗
大家拔出利剑
当他站立
所有人下跪
当他要刺戳
所有战士往后站
喝彩道："是！是！是！帝皇！"
附和他的行为与梦想

竹马是舞蹈的道具
有眼看不见

有耳听不见

僵硬的尾巴

由战士跨骑

有肚没有脚

竹马是死马

不能自个儿站立

帝皇面临大海

梦想飞越彼岸

是！是！是！请飞翔

后面的人群在呐喊

可惜

马儿并不能高飞

也不会游泳

帝皇有如衔着骨头的狗

眼巴巴望着水中的倒影

那众多的战士是谁？

难道是马儿、利剑及声音？

那是我们，就是附和道"是！是！是！"的人群

因此有人说：

"如果没有战士，

就没有帝皇；

帝皇因此封赐战士，

送上金银珠宝，

还有世上最华丽的宝座。"

（冯伟帅　译）

尘埃与大地的怒火

别打开百叶窗
别让门户暴露
不速之客在伺机待发
带着沾有毒药于尘埃
的奖杯与武器

别打开窗户
紧闭你的户门
不速之客埋伏于庭院
自从森林被焚烧
鸟兽昆虫被击败
现在轮到人类受罪
受困于都市及郊外

上苍不再庇护受难的人类
任由他们承受灾难的苦痛
只因人类已无法言语
缺乏思考与爱心
财富代表一切
权势隐藏背后
手指点燃火焰
沾满尘埃与罪恶
让火焰吞噬所有的翠绿
雨水抚育的种籽与根茎
百年的老树
瞬间烟消灰灭

然而谁愿意否认

此乃恶性循环：大地在复仇！

大地在复仇

（冯伟帅　译）

达尔玛威贾亚

（一九三七年至二〇〇五年）

原名卡玛鲁扎曼·阿卜杜·卡迪儿，更为人熟知的名字是达尔玛威贾亚。他是一位小说家和马来文学研究者。出生于森美兰州的达琅村。早期在当地的马来学校学习，之后前往苏丹依德利斯师范学院进行培训（一九五四年至一九五六年）。二十世纪六十年代，他在吉隆坡语言师范学院培训。与此同时，他自学并考取了马来西亚高等教育文凭。之后他进入马来亚大学学习，并于一九七六年获得学士学位。一九八一年获得该校硕士学位。他曾在不同的中学担任马来语言和文学老师长达二十年。之后在森美兰州地区培训中心、马来西亚语文局、电视台和高校工作过。

他一生共完成约三十本著作，其中包括十五本文学创作。三十年来，他一直专注于诗歌。他诗歌的灵感来源于自己家乡的图景，他的诗总是围绕着农民们的问题和他们的渴望。已出版的诗集有《幻影的颜色》（一九七四年）、《在我的眼角》（一九七五年）、《丝丝雨花》（一九八六年）和《世界的不幸》（一九九二年），另有多本诗歌合集。他凭借诗歌多次获得马来西亚文学奖（一九七一年、一九七六年、一九八二至一九八三年度），一九九三年获得东南亚文学奖。

多么幸福

如果有梦想之池
在每个人的明眸
多么幸福
盛开着的荷花
以热诚为簇
以诚实为根。

如果有梦想之湖
在每个人的心中
多么幸福
涟漪中的宁静
以乐意为湾
以忠诚为崖。

如果有梦想之蚀
在每个流浪者旁
多么幸福
踌躇的身影下
以不幸为日
以虔诚为月。

（张静灵　译）

渔民的世界

我凝视着带有伤痕
渔民的双手
拽着空无一物的渔网
昏暗缠绕在
黄昏边际。

我端详虔诚的身影
渔民的胸怀
抚慰家中的不安
静静地跪拜
在夜梦中。

我环抱坚毅的双腿
渔民的世界
劈风斩浪
艰辛拼搏
在恐怖的清晨。

（张静灵　译）

你的身影中

我将心停泊
在你寂静的田野
我探访过的达琅村
我凝视
在空山幽谷间
心爱的身影
被干旱围绕
过去。

我撒播怜悯
在你道德的田野
我记忆中的达琅村
呼唤到
在涓涓河水中
心痛的身影
映照梦想之崖
未来。

（张静灵　译）

费道斯·阿卜杜拉
（一九四四年至今）

　　出生在雪兰莪州。小时候在吉隆坡上学，之后在《新海峡时报》做记者。工作后他继续深造，一九六九年获得美国伊利诺大学学士学位。一九七一年他获得俄亥俄州立大学的硕士学位，一九七五年获得哥伦比亚大学的哲学硕士学位，一九八〇年获得该校的博士学位。他曾担任过马来亚大学经济管理学院院长、马来西亚语文局局长。他活跃于作家协会、马来西亚社科协会、马来西亚历史协会和马来西亚经济协会。尽管如此，他诗人的身份更为大家所熟悉。

　　他是米南加保族的后代，祖籍在西苏门答腊省。从小听巴东电台的米南加保歌曲和谚语，因此他的作品中常蕴含着米南加保文化的气息。他的诗歌主题丰富，不仅关注历史事件和民族英雄，也提倡保持传统的延续和现代发展间的和谐关系。多篇诗歌获得马来西亚文学奖（一九七一年、一九七三年、一九七六年和一九八二至一九八三年度）。已出版的诗集有《来自海峡对岸的情歌》（一九七六年）、《梦想万花筒》（一九八五年）和《阿米拉和法拉赫的诗》（一九八六年），另有十几本诗歌合集。

寂静乡村的寂寞之歌

椰树随风摇曳

微风轻轻地吹

传来句句叮咛

轻风莫变成暴雨

乡村风景如画

氛围祥和安宁

爱情莫半途而废

海滩边的房屋

高挑的细树木

忧虑中透出了痛苦

想起哥哥迟迟未来

有房子开着窗

有快塌的楼梯

难受忧郁的心

想起哥哥迟迟未来

有房子开着窗

有快塌的楼梯

难受忧郁的心

担心爱情将会改变

岛边有着村庄

树叶不再嫩绿

焦虑席卷着内心
思念远在异地的人

窗户没有窗帘
屋顶挂串香蕉
幕布后有哀泣
希望将水积在沙中

乡村冷冷清清
等待外出者归来
有殷殷思念之情
我叹道：哥哥啊哥哥

（张静灵　译）

思念莎莉娅娣之歌

寒风

冰雪

湿鞋

工作无休止

我忍

我忍

窗外

雪花纷飞

我困守在

会议室

莎莉娅娣你在何方

没人听我讲述故事

汉堡包干硬了

胃口也没有了

认命

屈服

宁可让莎莉娅娣不知就里

免得伤心

莎莉娅娣

如果你在这里

我要紧紧拥抱

你的躯体

直到白雪

以及会议室

变成早上的火山

如辛卡拉遭遇热袭

（曾荣盛　译）

被等待的等待者

所有已在此

音乐和诗歌

班顿和短笛

我等待的是你

智慧和明智

身着祈祷服

所有已在外等候

霓虹闪烁

迷惑的夜

它等待的是我

越发沉沦

不可自拔

（张静灵　译）

贾玛鲁丁
（一九四六年至二〇一四年）

全名是贾玛鲁丁·达鲁斯，出生在吉打州居林地区的哥拉迪村。他是吉打州著名的诗人，一生创作诗歌三百多首，其中大多数以大自然和自然瑰宝为主题。一九六五年获得马来西亚教育文凭。在中学时，就经常写作，并且尝试向校刊投稿。由于读书期间他的一些老师已经是资深诗人，在他们的影响下，贾玛鲁丁开始写诗。

毕业后，他一边学习新闻，一边在《马来信使报》和《国家新闻》做实习记者。在新闻界的学习和工作为他的写作提供了素材和经验。已出版的诗集有《思念的线条》（一九九一年）、《白山和大地之花》（一九九三年）、《汹涌的火山口》（一九九五年）和《不是分割线》（一九九九年），另有大量诗歌被选入诗歌合集《老师啊老师》（一九八九年）、《双塔》（一九八九年）和《来自吉隆坡的信》（一九九〇年）。

清　晨

这个清晨并不匆忙
我们依然执迷于
生活缝隙的边缘和人类跳动的脉搏。

清晨时光带来喜悦
领悟越来越明晰
如这明净的面容
追溯起自己的起源
在这意义的森林中

这个清晨我们勿让
火焰烧毁和谐之林
切断通往爱情林地
的道路
爱的灌木丛
爱的丛林
含着泪水的湿润大地。

这个清晨我们混合嫩芽
紫晶
高塔
苍穹浩渺，我们敞开心扉
达成共识
重新捆绑
指与指
齿与齿

贾玛鲁丁

竹片与竹片
叶梗与叶梗
支持主权的集会
权力归于拥有者
握于手中，不要放开
任何时候都要抓住
任何时候都要紧握。

（张静灵　译）

献给这个村庄的堡垒

瞥一眼如短暂的梦
在这个单纯的小村落
将我们聚集在一起
进行着和平的游行
我追随品行停泊在
气氛的海浪之中
共同记录声音的韵律。

今夜在这空地中
有浩瀚的繁星
有闪耀的光芒
有流浪的诗歌声
宣告我们的到来
伴随着众多的声音和面庞。

致这个村庄的堡垒
掀开上苍宁静的帘幡
倒影的光晕成为现实
圣洁的纯净被忆起又被呵护时
如常地登上天赐的顶峰
再到名誉的高台
为自尊而战。

（张静灵　译）

我们不必逃跑

我们不必逃跑
就站立在原地
爱国需要牺牲
需要诚心诚意
需要孜孜不倦
需要一秉虔诚。

在关爱珍惜中
在相亲相爱中
对于这片故土
一定挥汗如雨
一定饱含泪水
一定充满苦难
一定满怀抱怨。

一种很难言表的东西
当出现困难时
当出现斗争时
自身的坚毅是成功的堡垒
支撑着纯粹的内心
将来这是他的尊严
使梦想成真
收获荣誉。

我们不必逃跑
热爱这片故土

事实上我们的真诚

一心向着这片土地

真主也会赐福于它

祈主准我所求。

（张静灵　译）

吉哈迪·阿巴迪
（一九三八年至二〇〇〇年）

　　原名叶海亚·胡塞因，出生在吉打州甲抛峇底，自一九五三年开始写作，一九五六年开始活跃于文学界。二十世纪六十年代初，进入吉隆坡语言师范学院参加师资培训。一九七一年获得雅加达国立大学学士学位，一九七七年获得文学硕士学位。他是吉打青年作家协会（一九五八年）和觉醒作家协会（一九六六年）的创始人，曾在师范学院教文学课。

　　他是诗歌界的前辈，从早期以浪漫主义诗歌为主，到后面的爱国主义诗歌，然后又转向对社会发展问题的思考。他的诗歌折射出时代的召唤、现实的写照。一生创作了数百篇诗歌、文学评论、短篇小说和几部长篇小说。曾获得一九七三年和一九七六年的马来西亚文学奖，已出版的诗集有《颤抖》（一九六八年）、《鲜红的血》（一九七三年）和《光芒》（一九八七年）等。

兰卡威的海声

闲坐在珍南海滩边
伸直双脚舒缓疲倦
海浪不停地涌来
浸湿了受伤的脚。

兰卡威海
呢喃着抚慰心灵
治愈毁灭的灵魂
直到海上的船只
重新构筑起生活的真谛
被远远放逐在信心之外。

自那以后
兰卡威海的涛声
不停地申述
供奉起圣洁
让邪恶真相与正义
失陷。

偶尔这声音
变成疑惑
带着愤怒的质疑
仿佛要自我否认
那些黑色标志
隐匿于此地
永无止境地

聚集罪恶

然后留下

贫穷。

沉浸许久后

浪花冷却了

已愈的伤痛

而我将带着浓烈的爱归来。

（张静灵　译）

攫住忧郁

当我来时
舌头被戒指箍住
祈祷席上释放了心声
为了延续感情的坚贞
使家族内的子孙繁衍。

时间任其流逝
闲聊似的恳求
亦得不到欢迎
被弃置于梦的尽头
成年的孩子们
随着季节性的风雨涌动而来
依恋着受伤的野草
干枯又污秽。

朋友的梦想落了空
远道之客带着聘礼
受邀前来
人类
过于计较利益
反而成倍损失
你从此攫住忧郁
在越来越少的言语中
孤立而沉寂。

（张静灵　译）

门

自少年时刻
我便在门阶前
守候这扇门。

早晨的钟声引领着我
推开房间的
那扇门
让愚钝的变得智慧
让智慧的变得杰出
让人类囿限在人性中。

午后的钟声叮当悠长
我阖上门
紧紧锁上
一排排整齐划一
我心洋溢着感动
等白天被黑夜替代
那一刻起，
直到破晓的梦里
祝福的祈祷净化内心。

在我生命的末尾
幸福如雪般纷飞
门与祈祷长出了
成串低垂的硕果
成为整个世界的希望。

当那扇门

从手中脱离

我感到了失落

被寂寞折磨着

我则变得

愈加衰弱。

（王荷蓬　译）

卡辛·阿哈玛
（一九三三年至今）

　　生于吉打州亚罗士打。一九六一年获吉隆坡马来亚大学文学硕士学位。一九六二年十一月至一九六六年二月，在伦敦大学亚非学院教马来语。之后回国任教于槟城文师阿都拉中学。一九六八年全力参政，出任马来亚人民社会主义党全国主席。一九七六年在内部安全法令下被捕，至一九八一年出狱。翌年在全国普选中代表人民社会主义党角逐槟城浮罗山背国会议席，饮恨沙场。

　　一九五七年开始写诗与短篇小说，稍后也涉及时事与文学评论。他在这些领域发挥了不小的贡献，尤其在六十年代。在现代马来文学中，卡辛是一个特殊的诗人兼作家，早年他积极把个人的社会主义理想灌注于诗歌、小说和文论批评中，激情昂扬。他的创作触及斗争的艰辛、压迫与公正，以及人们追求摆脱贪污行径和物质枷锁之题旨。他呼吁诗人应和劳工与受压迫者站在同一阵线，共同奋斗。只有这样，"诗人"才具备真正的意义。除了创作上的实践，他也把社会写实的意识形态贯彻在文学评论中，体现文以载道和马克思的文艺主张。他的作品引起文坛的瞩目和论争。诗歌《魂聚》一度被评论界非难，指作者的思想已偏离伊斯兰教信仰。

已出版诗集《山谷中的旱季》（一九六七年），评论集《汉都亚传中的人物造型》（一九六九年）、《与文学家对话》（一九七九年）等。一九八五年获马来西亚国民大学授予荣誉文学博士学位，以表彰他对马来文学的贡献。两年后又获马来作家联合会颁予作联诗人奖。

对　话

——给母亲

一

安静吧，吾儿
纵使水田被淹没
这雨水来自上苍
源源不绝的恩赐

有白昼怎么可能没有光明
且听
蛙儿已不再聒鸣
明儿将是艳阳天
我们的稻谷将有收成

二

安睡吧，母亲
我们是卑微的人类
白天体力劳碌
黑夜仍需承受焦虑

有明天必有太阳
我将带着无数农家孩儿的勇气
离去

日久后将因愚忠而死
这一刻将因叛逆而生！

（庄华兴　译）

你的诗人

你的诗人
向他祈求美感
平静的心曲
与大自然和谐统一

我的诗人
其草棚在河岸
心胸广阔容纳寰宇
为自己的处境冥思

他说
我内心的平静已消失
你是猎者
我不应不顾尊严而选择回归

他说
我思虑着负罪诞生的孩儿
生活被迫面临饥饿
我坦然以对

你的诗人
我的心淌血
你的意愿只为了经营美感
且来听听你弹奏的曲子

（庄华兴　译）

柯玛拉
（一九四一年至今）

原名艾哈迈德·卡迈勒·阿卜杜拉，出生于马来西亚吉隆坡鹅麦，马来西亚著名诗人。父亲是一名知识分子，母亲是一名艺术爱好者，擅长吟诵马来诗歌。由于爷爷是当地的宗教老师，他自幼接受宗教教育。柯玛拉从小就展现了其不俗的写作天赋，小学时就曾获得儿童短篇故事创作奖。一九五八年至一九六二年，他在苏丹依德利斯师范学院学习，学习期间大量阅读了国内及印度尼西亚、印度、巴基斯坦、西欧、苏俄等名家著作，主编校刊《纪念》，并在诗坛崭露头角，毕业前一年其剧作《黄昏》在校内公演。一九六八年开始在马来西亚语文局工作。曾任马来西亚作家联合会首席秘书（一九七二年至一九七四年）。担任过马来西亚作家协会主席（一九八三年至一九八四年和一九八六年至一九八七年），现任比较文学协会主席。二〇〇〇年获得马来西亚国民大学的博士学位。

他的诗歌在音节上喜欢采用撮口韵，形成低回凄婉的效果，却不失优美动听。他也非常重视意象的营造。早期的诗歌受乌斯曼·阿旺影响，以下层阶级的生活、亲情、祖国河山为主题。二十世纪七十年代以后则涉入山水诗及宗教哲理诗，形式也有明显的转变，诗集《冥想》（一九七二年）、《仙人掌》（一九七六年）等是显著的例子。诗作《参禅》带有浓厚的神秘主义色彩，与《大海》同时获得一九七二年度国家文学奖。此后《意义即吾爱》（一九七五年）、《八月，每当你到来》（一九七六年）和《如是我爱》（一九七六年）也获此殊荣。他还在印度尼西亚、中国香港、澳大利亚和新西兰等地发表诗歌。一九八六年获东南亚文学奖，二〇一一年荣获马来西亚国家文学家奖。

一首歌

在过往风浪的怀里
感到内心凉意
没有看到肖像。

寂寞黄昏事
涟漪寄托心绪
绘制一片爱怜。

城市事件中的面孔
黄昏时分的布袋莲
引逗着年轻人。

小孩丢失了玩偶
歌声嵌入了灵魂
少女鬼魅地笑。

你的思念在何方
到月亮也一起去
回忆如此被重温。

（张静灵　译）

大　海

我是大海
窈窕女郎卧在他怀抱
我身上是潋滟的鳞片
时光的手笔与风儿的舞姿
悦耳的波涛中合一的欲念
这旷远的宁静

我是大海
时光教诲身手敏捷的青年
澎湃的涛声是言语
风啸划过地平线
音符搁浅在岩礁
因而认识了自己

挑剔的白昼
总结了沙鸥的短歌
历史掠过
我遵循你的言语
我是第一个推崇
亘古恋情的大海

决斗的夜晚
巍巍的巨浪拥抱我的到来
秘密和伟大的隐者
因有了意义而发光
为了空间与时间

我恰是拥有歌谣的海洋

老嬷嬷的疼爱，孙子调皮的眼神

在这里交会

辽远的风寻找和谐

唇儿在诠释中颤抖

在此：我的爱人呀，这颗心

是不断升华的自尊

（庄华兴　译）

八月，每当你到来

八月，每当你到来
这片土地和心
敞开胸怀吸纳慧语
尊严
昨天的乌云
压抑的乌云
沉没在黑夜

不是细雨
而是台风
不是悲观者
而是英雄
一千，两千位无名英雄倒下
默默拥抱独立
到来的美好是一种安宁

不是悲哀
而是澎湃
不是伤心
而是怒涛
波涛澎湃带来了宣言

八月，每当你到来
谁还将审视自我
洞察一切
在白天的看台

在夜晚的权位

在风云突变中成熟

这是必经之路

有恩赐的寻觅核心

思辨力的行动轨迹

八月，每当你到来

祖国的风

撷着细语

诉说忠诚和挚爱

（张静灵　译）

礁 岩

我熟识礁岩

那长长延伸的礁岩

我熟识礁岩

尖锐的石柱

如闪亮的匕首

剑之锋刃

插入大海公主柔软的胸脯

吮吸美人鱼的脏腑

来了，狂涛来了

滚滚而来

就是这合理的疯狂

在礁岩上散开

它埋葬了艰难

渔夫的梦

溅起火花

它让采珠者的兴奋沉落

岸上纵有呼唤

他不欲归去

没留下足迹

或多余的无血迹的情伤

只有眼睛和胸脯

　　嘴唇和舌头

那呐喊，发狂的波涛

拍在礁岩上

这是合唱班在寻觅

老音乐家的脸庞

他爱上穹苍上的诗章

实际上大地的耳语

仍未有诠释者

这是巨浪的哭泣

在狂涛肆虐之际

我熟识礁岩

在自己身上

丛丛汇集的礁岩

我熟识礁岩

在诗行中的礁岩

没人后悔

我身上有白色的鸥

鲜血自它颈项

汩汩而流

（庄华兴　译）

一簇海啸后的珊瑚礁

这是一簇海啸后的珊瑚礁

我采自太平洋深海，几个世纪

生长在海床底部，由成千个分子堆积而成

它的色彩，在光线和浪花下显得神奇

鱼儿认识它，没有威胁和臆测

"我拥抱耀眼的珍珠！"

如今我拥抱海啸劫后的珊瑚礁

我听到关于生死的忧伤之歌

人类没有察觉到威胁，浪花在猜测

浪潮作怪，前赴后继

当你疏忽时，带来死的问候

"猜忌和贪婪，是无用的玩物！"

一簇海啸后的珊瑚礁

我想送给我的爱人

对爱情、生活和人性都十分敏感的人

通往天堂的路仅在心中，如同满月

你有健硕的躯体和长篇的赞美

"多少年成为海啸浪花的密友！"

我用海啸后的珊瑚点缀房间

神奇的色彩邀我问候彩虹

你是否被美人鱼公主触摸

当世界被死亡之浪拍打得混乱不堪时

甜美的婴儿在母亲的怀里露出最后的微笑

"妈妈，真主邀我们去天堂！"

（张静灵　译）

天堂鸟归来

多少年
它飞翔着
扇动一双受伤的翅膀
多少年
它怀抱着
不曾诉说的思念之歌。

爱的世界
已乌云密布
散乱的沉思
新的句点。

天堂鸟归来
飞向前方
惊叹的逗号
它的鸣叫声
充满爱慕
使欲望的魔法
黯淡失色。

天堂鸟归来
带着一份
美好的爱情
充满神奇
洞见的瞬间。

如今

天堂鸟

归来了。

（张静灵　译）

林天英

（一九五二年至今）

出生在吉兰丹州的万捷，在马来社区中长大，马来语水平很高，这为他用马来语创作打下了基础，也使这位非马来裔作家逐渐受到马来西亚文学界的认可。他曾在槟城的师范院校学习，并在多所中小学任教。一九九二年，他获得马来西亚农业大学（今马来西亚博特拉大学）学士学位，一九九九年获得该校硕士学位。他钟情于写诗，偶尔也写小说和文学评论。一九七三年开始在《马来西亚周报》和《马来西亚前锋报》上发表诗歌，并逐渐在马来西亚文学界崭露头角。一九七六年，文学奖评委组对于这位非马来裔作家给予了较高的评价和期望，认为他将在马来西亚文学发展史上有举足轻重的作用。

此后，他的诗作频频获奖。诗集《融洽》获得一九八三年度诗歌王子甄选奖佳作，诗作《在这儿漫步》《历史》和《当我翻越昆达山》分别获一九八二至一九八三年度、一九八六至一九八七年度和一九八八至一九八九年度马来西亚文学奖。他也多次获得前锋报—大众银行甄选奖（一九八六年、一九八九年、一九九〇年、一九九二年、一九九四年、一九九九年）、益梳—作联诗歌奖（一九八九年）等。他的诗歌被翻译成英语、汉语、泰语等出版。一九九〇年，他代表国家出席吉隆坡国际诗会。二〇〇〇年获得东南亚文学奖。

已出版诗集有《伊瓦》（一九八一年）、《融洽》（一九八五年）、《追随季节》（一九九一年）、《一个小孩与其他诗歌》（马英双语，一九九三年）、《依然》（一九九七年）、《一个爱的片段》（一九九八年）、《时光备忘》（与祖丽娜·哈山合集，二〇〇〇年）、《寂寞求音》（马中双语，二〇〇〇年）等。

在这儿漫步

我常常漫步于此
每个午后
静观野草的舞动
风的玩伴
太阳则徐徐挣脱
白天的牵绊

有时在山脚
我会驻足
看它如何
传出回声
若我未曾说出口
的话
也有此等效果
就如群山一样
多么美好

这儿的曲径如此幽静
就如思想的十字路
总是不受控制
我想向路边的
石头学习
如何
面对如此喧嚣的生活

用更缄默的

智慧和行动

（张静灵　译）

历　史

一

历史，当我进入你的巷道
我的心和你的声音交融
在成堆的古工艺品当中
你的人物和事件复活
虽然有时他们似乎纯属虚构

二

突然间我就站在古代的
舞台上
寻找并发现事实
有时仿佛把心思
抛进时间之流

三

深知你无止息地向前漂流
进入未来等候的洞窟
自然没有人会想遗忘过去
那是更有智慧
预见未来形貌所必备的
就像我们小心翼翼地

把值得纪念的事物

挂在墙上

（陈黎　张芬龄　译）

在雅加达美更泰俱乐部观自画像

这是镜片后的画像
素描和油画精致地黏附在
绒布和框架中
在古董灯的照耀下
这美更泰俱乐部的灯光

冷寂的空间弥漫着巴黎新牌子的香水味
我是个从私人巢穴出来的宾客
这里的椅子美观台子保养十足
宾客们互相寒暄或颔首致意
让标致的女人接待，我把自己的幽暗藏起
报以一抹微笑绅士般的点头
在美更泰俱乐部的自画像前

极度的推崇与赞赏的溢词
适合苦心孤诣的画家们
一阵接一阵的掌声使创意更名贵
竭尽心思让才情闪耀
在静物与赤裸女人的胴体上

这些是让框子美化的画
让入口质地纤细的地毡增添光彩
我伫立在自画像前
如讥讽嘲笑
僵硬的步履刀口的锋芒
在美更泰俱乐部某个尊贵的画展上

我是宾客们干尽的空杯子
挪步离开逐渐暗淡的大堂
在层层颜料复杂的思绪下
某个夜晚在美更泰俱乐部
寻找其余的框子和自画像

（庄华兴　译）

当我翻越昆达山

当我翻越昆达山
太阳珍珠般的光芒倾泻而下
在山顶、森林、田埂
和卷心菜园
从犹豫的生活纷争中脱身
并且雕刻思念
安宁及不受干扰的
色彩

我已被文明的喧嚣挤压
人类消逝的
情和爱
当你持久地凝视自然
亲历完全神奇的事情
静谧却安宁
幸福而原始

基纳巴鲁山顶的薄雾渐渐散去
山间的道路崎岖
凉风吹拂着树木
重岩叠嶂壁立千仞
当翻越昆达山时，怀抱着和谐
暂且忘却自我，一个陌生的造访者
这次我要用你的温柔
融化我倔强的性格

（张静灵　译）

吉隆坡：一幅画

的确，它笃信新时代
并在其发髻上镶上
礼仪的传统之花
有时粗鲁绽放
不亲切甚至无礼
让你理解如此的全球性
困难吗？

有时候
它是打扮后的美丽少女
红如樱桃的唇和脸颊
撩拨躁动的欲望和诱惑
然而
温柔地提醒你
勤劳预示着品性
而
又该如何调整
方向和行为的指引

你将更了解它
偶尔邀它对话
关于古老的神话
奇怪或忧伤的
关于未来的梦想
美丽而让人着迷的
你不应该憎恨

怨恨中不可能生爱

而你将默默地
埋藏深深的思恋

的确啦
它是座努力塑造其性格的城
从亘古的考验中挣脱和雄起

（张静灵　译）

爱的铃铛

这只黑色的鸟
任其飞翔，远远地
去林中
这儿的花园过于华丽
不适留下点点悲伤
这儿的庭院过于安宁
不适撒播纷争。

在此不曾也不将有
玻璃的碎片
百万根尖刺
有毒的竹刀
憎恨和猜忌
我们的孩子太过年轻
不适端详任何一张
苦难的面庞。

莫不是上古时期
已公告天下
爱的铃铛
让我们共担命运
追随相似的历史
我们的人生之路
已被描绘出安宁。

这狂风

任其咆哮

远远地钻进时代的缝隙

这儿的大地过于翠绿

不适让伤悲蔓延

这儿的天空过于碧蓝

不应被苦难玷污。

（张静灵　译）

在同一片蓝天下

在同一片蓝天下
我们共同呼吸着
不管是你的曼谷
还是我的吉隆坡
我们共同呼吸着
在同一片蓝天下。

我偏爱伦敦的细雨
曾痴迷于华盛顿那
　　冷峻的风
绿色或其他颜色的植物
皆没有区别
不论谁住在澳洲谁又在非洲
因为我们在这片天空下
我们是相同的。

我想横跨南中国海
扬帆太平洋，穿越海上丝路
共享白天拥有夜晚
编织爱情彩绘时代
吹奏共同的希望
我们之间——世界公民
在这同一片
天空下。

地图将我们分隔

不要关闭边境站

签证只为偶尔公务需要

护照身份证明则是起点

让我们拥抱共同的梦

　　带着憧憬

消弭憎恨埋葬黑暗的历史

在这同一片

天空下。

（张静灵　译）

玛斯里
（一九五七年至今）

　　原名朗姆里·瑟拉玛，出生在登嘉楼州的格碟，由于父亲是爪哇人，他常将自己看作是外来者。早期阅读大量杂志和小说，产生了写作兴趣。一九七〇年，越南战争仍在进行，他写下了诗歌《越战的遗孤》，那年他仅是初一的学生。一九七五年开始努力投身于写作，一九七九年诗歌《希望》发表在《文学月刊》。除了写诗，他还撰写短篇小说、儿童小说及话剧，并且在这些领域都取得了不小成绩。其中，诗歌《如此夜语》获得一九九六至一九九七年度马来西亚首要文学奖。二〇一三年凭借《天空哀号》获得马来西亚首要文学奖。二〇一五年出席在芭堤雅举办的第八届马来群岛诗人见面会时，获得二〇一五年马来群岛诗人奖。

　　他可谓是一位多产并持续创作的作家。已出版的诗集有《谁在背后？》（一九八六年）、《催眠曲》（一九九三年）、《这个国家，孩子》（一九九四年）、《只有语言》（一九九五年）、《献给风》（二〇〇八年）、《醉城》（二〇一〇年）、《寻找光明》（二〇一三年）、《夜雨和矛盾修辞》（二〇一五年）、《谢谢，独立》（二〇一六年）。已出版短篇小说集《撒谎者》

（一九九七年）、《为了》（一九九八年）、《政治家、小丑和一面镜子》（二〇〇九年）、《我仍在做梦？》（二〇一二年）、《剪刀》（二〇一二年）、《班迪大叔的几个故事》（二〇一六年）。在写作之余，经常出席各种活动进行诗歌朗诵。

如此夜语

别邀我入眠,夜如是说
对我那还未困倦的双眼
和遗留在回忆中的某事
在遥远的苍穹兀自旋转
将无数闪烁的萤火虫
送往心灵的领地

你听不到哭泣和呜咽吗?
仿佛不知从哪一个海岸传来的波涛
拍打在层层信纸与记录中
你曾熟悉的面容越发模糊
尽管有来不及诉说的思念

渐渐地,我深藏多年的悸动
再次苏醒
不知是谁
眼含热泪
我不禁因思念山丘而心神恍惚

别邀我入眠,夜如是说
对我那还未困倦的双眼

我亦如此,如今回忆也说
而我越发恍惚难安

(王荷蓬 译)

影　子

从过往中释放我，他斥责我
几次挥动
他那愈加老皱的翅膀

我用疲倦的眼神注视着他
一边与记忆交战

透过敞开的窗
瞥见随风飘荡的树叶
我露出一丝微笑
悲伤中带着嘲讽

回忆的枝上仍悬着
一些我想忘却的
残余记忆

黄昏将尽
夜晚将至

我的确不知道
应该如何作答

（王荷蓬　译）

望　月

你的发香涌现在我回忆中

月亮轻吟在

静谧的夜里

仿佛从遥远的海岸

从我不知道的地方

传来阵阵的波涛

将那些话缓缓收起

深藏在心底

我内心愈缄默如谜

别向我

祈求诺言

更别奢求答案

我仿佛听到了细语

（王荷蓬　译）

雨　夜

黎明时分

雨丝落在

仰望着将命运托付给苍穹的大地

干燥的尘埃和空气

又变成了液体

和水流汇合

在经久焦躁和裸露的

地表

雨声急骤

在祷告声和鲁拜诗颂唱中

当我胸中溢满了

奔向河口的河水

时正破晓

（张静灵　译）

莫克达·阿旺
（一九五六年至今）

　　生于吉兰丹州哥打巴鲁。曾在马来西亚理科大学进修创作课程一年，之后在马来亚大学攻读叙述和创意写作专业，于一九八六年毕业。一九八〇年以诗集《奉献》获得首届诗歌王子奖，一九八三年复以宗教诗集《卡夫字母》第二度夺奖，以诗歌《给妻子的叮嘱（之二）》获一九八二至一九八三年度文学创作奖。退休前在吉兰丹某中学执教。

　　他的诗歌有很多元素取材于历史和宗教，一些诗歌中还运用了伊斯兰教的历史，表达了其对宗教的信念，展现了其对人生的解读。很多诗歌描述到生与死，他往往用隐喻的手法来进行诠释。

村庄的来信

给我们
　　灌木丛中的
　　一块地
林中的荆棘
已全被尖刺掩盖
林中的野草
被野猪啃啮精光
深洼中的鱼儿
则被蛇吞食殆尽

给我们
这大地上的
一块土地
我们将荆棘
变成橡胶
以便之后
我们的孩子能穿上鞋
我们将野草
变成稻谷
以便之后
我们的孩子不再挨饿
我们将河流
变成海洋
以便之后
我们的孩子获得健康

（张静灵　译）

莎彤公主给阿都拉王的信[1]

一

哥哥
我逃离暹罗的束缚
来到了森林
来到了高山
回到你身边
追寻誓言

我离开了暹罗的土地
向故土前进
我渡过了金马扬河口
与泥泞角力
我沿着哲仁海角而行
顶风逐浪
我穿越了荆棘的平原
披荆斩棘
我在真巴城稍事停留
拜见父母并请安
我登上玛腊山顶
放松小憩做个梦
月圆之日

1　相传莎彤公主是吉兰丹的公主，已许配给拉惹阿都拉的她被入侵的暹罗
　　（现泰国）士兵俘虏献给当时的国王莱纳，过后公主辗转回到吉兰丹时，
　　发现当年发誓永不另娶的拉惹阿都拉已经再婚，于是她伤心欲绝。据说
　　她用发簪刺死了拉惹。

我踏上王宫的土地
哥哥
妻子的心已被考验
如空中闪电般飞速
我拔出发髻的尖簪
如水中鱼儿般矫捷
我插入了你的腹中
哥哥
我已粉身碎骨

二

哥哥
我心海中翻滚的波涛
已恢复了它的平静
侵袭我夜晚的黑暗
已回到了它的白天
环绕在我旷野的风
已刮回了它的岛屿
我枝头栖息的鸟儿
已飞回了它的森林
吮吸我蜂蜜的蚂蚁
已爬回了它的巢穴
而我
将回到你的身边

三

我离开了丈夫
我抛弃了子民

我放弃了权力
这是我容貌的代价

四

消息传到了暹罗国
莎彤见证过去誓言的后果

（张静灵　译）

穆罕默德·哈吉·萨勒

（一九四二年至今）

从二十世纪六十年代初，他便开始写诗，作品经常在报刊上发表。他的诗歌题材广泛、语言优美、形式多样，深受读者喜爱。他的诗有用马来语写的，也有用英语写的，主要依据诗的题材内容来定。在国外学习工作期间，较多地用英语写作。回国后，自然而然觉得使用母语更为亲切，更能抒发自己的情感。所以，自一九七三年后他基本都用马来语写作。他的英语诗深受英国著名诗人艾略特和奥登诗风的影响，马来语诗歌受马来古典诗沙依尔和古玲当以及印度尼西亚和马来西亚现当代著名诗人的影响。他的诗歌和文学评论也被译成荷兰语、汉语、意大利语等多种语言。

穆罕默德出版了十五部诗集、五部马来西亚文学集和十二部文学评论集。此外他还把十一部马来文学作品翻译成英语出版。穆罕默德的主要文学作品有《外来者之歌》（一九七三年）、《登刚二世游踪录》（一九七五年）、《这也是我的世界》（一九七七年）、《时间与人》（一九七八年）、《马来纪年诗抄》（一九八一年）、《来自此岸》（一九八二年）、《假如、或者、所以》（一九八八年）、《岁月的音符》（一九九八年）等。

假 若

假若你要远行
你应独自上路

所有的路如此之短
最终到达喧嚣之谷

家乡充斥着烦恼
抑或被风俗束缚

假若你想登山
随心路，穿梭城市

隐藏在第一眼的相见
或常常模糊的梦里

理想中没有家乡
志向中没有朋友

寂寞是爱的条件
梦是现实的计划

（张静灵　译）

暂　时

在森林边

和石头间

全是临时踩出的道路

在乌云散去

百年山峦中

都是暂时的探险者

在某个季节

枝叶索要

登山者遗留的鞋

在稻田丛中

仅仅留下回忆

（张静灵　译）

距　离

年龄赐予距离

让眼睛观察它

从价值中滤出意愿

从语言中选择含义

在岁月里的感悟

我从头梳理后再品味

以讨论来衡量对错

用证据来维护公正

（张静灵　译）

海岛之子

海洋是灵魂的沟渠
围绕在自己身边
海岛之子的我
没有陆地可选
因为第一滴血
就是咸的
伴随着雨点落在门槛
和摇晃的巨大桅杆上。

沙中烙下了足迹
不论我走到哪里
脚印都如此清晰
而我望着水沉思
追逐浪头
爱慕珊瑚和鱼群
寻找并接受一天的象征
在云团，水形
和天的颜色中。

海洋离开坚硬的土地
和窄小的稻田
没有篱笆
没有区别
微风拂过绿盈盈的水面
有另一个世界，另一簇珊瑚
有另一片沃土，另一座山川。

有着陆地上无法拥有的美丽

没有海洋我就不复存在

没有潮起潮落的海洋

在沙滩的我感觉不到

我是海岛之子。

（张静灵　译）

夜 雨

一潭夜暝之湖

从黑暗深处延伸而来

至知觉的边沿

我乘雨舟横渡

敲打在叶片的雨瓢泼而至

把我带至迷蒙不辨的方向

没有海岸线

在尽头闪烁的

只有熟悉而黯淡的火光

跳动着的光影诉说着存在

黑暗延长了行程

只看到朦胧的物体

让雨珠渗透

且浸湿单薄的自己

雨势呼啸着

我以肢体附和它的节奏

我不可能拍响手鼓

与之共舞

因此，我颓丧地服从

向迷茫探索

一面感受着打在脸上的

雨珠

（张静灵　译）

纳赫玛·贾米尔
（一九三八年至二〇一四年）

　　原名纳曼·哈吉·穆罕默德·拉威，出生在玻璃市的舍纳村。十六岁时，他的第一首诗发表在《儿童信使报》上。在马来西亚理科大学参加创作性写作课程，之后他活跃于现代诗歌的创作中。他与吉哈迪和苏海米是同一时期的诗人，但他更偏向伊斯兰教文学流派。专注于文学创作六十年，他可谓是一名多产的作家，至今他已出版了九本诗集、六本短篇小说集、四部长篇小说、五本宗教书籍及两本儿童小说。另外他还翻译了两本短篇小说集、四部长篇小说及四本儿童故事。

　　他的诗歌直面现实问题，探索真理，具有浓厚的伊斯兰教色彩，已出版的诗集有《绿树》（一九七四年）、《最美之国》（一九八六年）、《变化的风》（一九九六年）、《敲开天堂之门》（二〇一〇年）、《细语》（二〇一四年）和《不可分隔》（二〇一六年）等。从一九五七年至一九八九年，他的作品曾九次获得该国的文学奖。二〇〇二年，他被评为玻璃市作协创始人，表彰他为玻璃市作家协会的发展做出的贡献。

留心吧

留心吧我的同胞们
那些被称作公平的行为
是什么
原来是武器，自相残杀

我们的马来亚最富有的国家
不论是矿产还是椰子
但是多么可悲
没一样在族人的手中

留心吧！关注啊！
一天又一天
马来亚又更名了
成为英属马来亚

马来亚的宝藏都被夺走
为了敛财而划定边界
果然是！正如谚语所言
徒劳无功

如果长此以往
马来亚必定遭受灾难
尽可能避免互相指责

来解决所有问题

留心吧——关注啊

（张静灵　译）

最美的国家

知道吗

最美却忧郁的国家

是我们离开的国家

童年时让自然哺育成长的地方

一个饱经风霜的国家

唱响感动的国家

迎接归来的国家

当我们年迈、虚弱和乏味时

她被藏在记忆的缝隙里

被时间吞噬，被生活分离

她是最美却忧郁的国家

当我们带着梦想和思念归来

（张静灵　译）

那瓦威·莫汉玛德
（一九四九年至今）

马来诗歌界对于那瓦威并不陌生，他早在二十世纪七十年代初就开始写诗，虽不是文学专业出身，但对文学的爱好和他自身的天赋使他创作出很多优秀的诗歌。一九七七年，那瓦威和他的朋友在马来西亚国民大学成立了诗人小组，关注该校大学生的诗歌创作活动。在二十年间，该诗歌协会成功地推动了校园文学的发展。

二〇一三年，六十多岁的他新出了一本汇集了二〇〇三年至二〇一一年作品的诗歌集，共包含二百一十三首诗歌。

诗中的登嘉楼

登嘉楼，你好吗？

恶魔之诱惑使什么疲倦
是浪之忧虑或风之不安
闪电或日蚀的惊扰
旱季和雨季的戏谑
依然归属自然滋养它的天性。

远离所有阴谋
避免所有诽谤。

绿叶来自茁壮的树枝
诚实交叠着乡里人品
是柔化人性的关键。

登嘉楼，你好吗？

阅读民族文明的色彩
不要质疑独立的含义
民主的意义
何以比任何思想都真诚
无须觉得曾被殖民。

当你们被诽谤所缠绕
这种包围何尝不是
真主的智慧

如果此地当真是

昔日的"麦地那走廊"。

登嘉楼，你好吗？

重视吧

无论今天苦难如何萦绕着我们

本性永远归属于真主

坚信吧即将到来的夜晚

会带来满月。

（张静灵　译）

诗中的偶尔

生活在没有边境的世界

偶尔强硬

比软弱地受人支配更好

偶尔反抗

比服从直到起冲突更好

偶尔直言

比沉默守礼而受人侮辱更好

偶尔无礼

比一味盲从更好

偶尔批评

比面誉背非更好

偶尔放弃

比亡羊补牢更好

偶尔分开

比貌合神离更好

偶尔远离

比臭味相投更好。

这就是人间生活的现实

不论强硬或是软弱

反抗或妥协

赞扬或批评

好的或坏的

没有哪个人可以逃离

除了与教律为伴生活。

没有任何人可以免除
禁止和不良的行为
应该关注每个生命之路。

不论谁，何时或何地
偶尔也需要挑战常规
但千万不要挑战宗教
更不要挑战真主法典。

（张静灵　译）

愤　怒

狂风席卷了心情
烈火燃烧着人性
暴躁的雷声威胁立场
锋利的闪电直击判断
强烈的风动摇着思想
澎湃的浪激荡着信念

那愤怒偶尔
顺从忍让
委婉柔软
拒绝原谅

愤怒
贬低了人格降低了尊严
滋养了自傲的林延展了波动的海

（张静灵　译）

邦 谷
（一九一〇年至一九七一年）

　　原名穆罕默德·亚辛·玛穆尔，出生在吉隆坡
十五碑社区。六岁时父亲去世，他与母亲和兄弟相依
为命。一九二八年他中学毕业，并取得全雪兰莪州
最好的成绩。一九二九年至一九三一年，他在苏丹
依德利斯师范学院学习。毕业后，他在多所学校教
书，同时还是《教师杂志》的编辑。他的第一首诗于
一九三三年发表在该杂志，并成为马来亚的第二首新
诗。之后，他于一九三四年发表诗歌五首，是为马来
新诗的发轫之作。

　　他不仅写诗，还创作短篇小说、评论和连载故
事。但他作为马来新诗的先驱，在诗歌领域的造诣和
成就更为突出。他的诗歌传承了传统古诗对结构和押
韵的要求，但内容上具有一定的前瞻性。他的主题围
绕着爱情和包办婚姻、道德和现代化影响，对于社会
的剖析涉及政治、经济和马来人的民族主义等话题。
除了最为人熟悉的"邦谷"，他曾用过"马来剑""蓝
笔""学者"和"黄金之地"等作为笔名。虽然一生
仅创作诗歌二十多首，但其在马来诗歌发展史中扮演
着极其重要的角色，可以说他引领了马来诗歌从传统
古诗到新诗的过渡。

我的母亲

啊我的母亲！啊我的亲娘！

你为何彻夜难眠？你为何而悲伤？

日夜冷暖交替

哎我的孩子，哎我的儿啊！

日日夜夜教育着我

不停哼唱安抚烦扰

嗨！母亲含辛茹苦地养育了我

仔细照顾着我的饮食

让我平安地长大成人

母亲接着说：

母亲的呵护如白云

不知疲倦

母亲，是国家的皇冠

孩子在人世间请发誓

照顾呵护我的母亲

孩子，是宫廷的宝玉

愿你在幸福快乐中

编织你的誓约

哦！我的母亲

（王荷蓬　译）

在海中

在波涛连续的翻滚中

我听到了微弱的声音

我的心化作了碎片

想泅泳却无能为力

你叹这世间多苦难

我听后亦同感悲伤

纵使寻找，再也不能相见

光怪陆离的海——变幻的海湾

我只能虔诚祈祷

向至高无上的真主

求安拉解救皈依的真心

到达幸福平安的彼岸

（王荷蓬　译）

黄　昏

黄昏红霞如此耀眼
犹如红花光彩照人
云彩公主乘轿之地
我的灵魂幻化不见
想起妹妹悲从中来
肝肠寸断失去理智
鸟儿传来轻轻啼叫
在灌木丛在恶魔林
幽幽细语伴着歌声
我的爱飘荡如微风
飞入妹妹你的怀抱
在黑暗中静谧时分
月亮公主光芒四射
我的悲伤摧心剖肝
悲楚中混杂着怜惜
何时再见美丽爱人
啊！我的命运，哦，我的荣幸
哎，生命的另一半，我的爱人
你在哪里坐着等候
啜泣时感觉被拥抱
仿佛你就在我身边
灵魂被锁双脚被缚
眼泪滴滴答答地流
在枕头上在卧房里
珍珠泪落浸湿毛巾
我想到我们的分离

悲伤的心都要碎了

忘不了你却无音讯

我俩何日才能重逢……

（张静灵　译）

抚慰心灵

安宁，我心安宁！
埋葬你的哀泣，
尤其是你的悲叹，
让我的思绪沉潜泅泳！
净化，净化我的头脑！
无须迷恋遥远的梦境，
虽然说，哦，爱情！
争吵时却伤透我心。
凝想吧！沉思吧！
别再含糊其词，
因为……你的诱惑……
让我肝肠寸断。
我沉默并眺望天际，
月亮闪烁耀眼光芒，
我听见萨艾拉妹妹的呢喃，
我的悲伤如潮涌无法退却。
幸运的是我还能心口如一！
它立刻安静下来，
一切都变得安适，
让心在远海中航行！

（王荷蓬　译）

拉赫曼·厦阿里
（一九四九年至今）

　　出生在玻璃市的奥兰，从小在玻璃市学习。一九六五年由于成绩优秀被吉隆坡一所住宿制学校录取，一九七〇年在苏丹依德利斯师范学院学习。一九七九年获得马来西亚国民大学文学学士学位，一九八三年在该校做助教，并同时攻读硕士，一九八九年获得文学硕士学位。曾在华威大学学习过戏剧，也参加过爱荷华大学资助的国际写作计划。除了写诗外，他还撰写文学评论、小说和话剧。

　　他的诗歌写作开始于二十世纪六十年代，第一首诗发表在一九七一年四月的《文学月刊》上。已出版的诗集有《黄色的一片》（一九七九年）、《游览印象》（一九八二年）、《碎片自己》（一九八七年）、《茉莉花和热度》（一九九四年）。他的诗歌曾三次获得马来西亚文学奖（一九七六年、一九八二年、一九八六年）。

我们说"不"

当孩子的面庞
　　浮现眼前
清醒的头脑拒绝战争的提议
我们大声坚决地说"不"
因为我们已读懂了
　　痛苦的味道

人类的和睦在哪里
当卑贱变成高贵
牺牲折磨成就了光荣的崛起者？

看吧
自满逐渐膨胀
人性失去根基

我们对战争说"不"
当满眼悲伤的人类
在我们的面前游荡
你在哪儿会怎样？

是否对于你
苦难者的面孔只是肮脏的
却不曾触动你的感受？

我们坚决说"不"

因为文明如此教导

不能骄傲自满

（庄华兴　译）

自　由

选择的自由
是你建议我来到这里
使我相信我的思想
能理解自身的含义。

但该怎样面对
漫长的道路交错的巷道
正在带我远去还是归来？

你说这是昨天的那条路
但是其拐角变了样
河水也变换了方向
惟我还未准备好
理解变幻。

让我在这里
在无聊的影子下叹息
一边让自由细数
我流逝的时光。

（张静灵　译）

语　言

最好
让我们使用语言
语言是凌乱思维的
排序者
语言是纷乱情绪的
舒缓者

通过语言
看到严谨的立论
看到知识的光芒
看到寂寞的爱情

通过语言
领导者在政治的舞台上
指引方向
通过语言
虔诚者尽享对真主的崇拜
专心并托付于它

最好
让我们使用语言

通过语言
提高品德
传播和睦
通过语言

我们使我们
在一起

如果没有语言
我们怎样达成
这个诺言

最好
让我们使用语言

（张静灵　译）

莱哈妮·穆罕默德·赛义德
（一九七九年至今）

全名诗迪·莱哈妮·穆罕默德·赛义德，出生在吉隆坡，毕业于国家艺术学院，并在马来亚大学攻读硕士。她是文学家祖丽娜·哈山的长女，受到家庭环境的影响，自幼爱读书的她，自一九九四年开始写作诗歌、短篇小说、评论和剧本。她的作品曾刊登在《文学月刊》《文化月刊》《大学生月刊》《每周新闻》《马来西亚周报》等主流报刊上。十六岁时在《每周新闻》上发表短篇小说《这个岛的客人》，文中针对美国的对外政策、联合国问题、地球变暖及其他全球问题提出了自己的见解，思想上透着与这个年龄不符的成熟。

作为文学界的新秀，她的作品多次获得高水准的奖项肯定。一九九五年获得埃索－作协诗歌奖，多次获得马来西亚文学奖（二〇〇二至二〇〇三年度、二〇〇四至二〇〇五年度、二〇〇八至二〇〇九年度），还两次获得先锋集团文学奖（二〇〇七年、二〇一一年）。已出版的诗集有《起点》（二〇一一年）和《膜拜会》（二〇一三年）。

纳丁¹ 最后的夜晚

新加坡的某个夜晚
大雨继续倾盆而落
手边却没有雨伞

国王殿下请原谅
今夜是我最后一夜
作为马来子民
我本应有机会
塑造更辉煌的民族
成就民族迈向辉煌
为国发声建言献策
犹如雄鹰征服天空
我们本应有机会
然而又能如何
今夜是我最后一夜
作为马来子民
才智被否定
比新加坡的海浪
更凶险的诬蔑
海洋成为坟墓

1　纳丁：古典小说《马来纪年》中一个聪明的男孩。当时新加坡沿岸村庄
　　遭受一群剑鱼的恶意攻击。它们成群地从海中跳上岸边，刺死了不少岸
　　边的人。在大家都无计可施时，这个男孩建议，用芭蕉茎在沿岸建起了
　　一个屏障。当剑鱼从水域飞跃要攻击时，它们的长喙刺进芭蕉茎里拔不
　　出来，人们便战胜了这些剑鱼。虽然他凭借智慧拯救了百姓，但却引来
　　了大臣们的嫉妒和担忧，他们向国王谗言并最终杀死了这个男孩。之后，
　　狮城王朝逐步迈向灭亡。

一个聪慧马来孩子的坟墓

所有的珊瑚在哀嚎

我们的主权命运日渐黯淡

数万剑鱼猛扎入海

血液干涸在海岸边

傲慢蔓延至御座下

母亲也停止了哀泣

眼泪在砂砾间流淌

皆因这陷害和妒忌

剑鱼之嘴锋利无比

王之圣旨刻薄无情

子民之智精明伶俐

而国之威望则骤降

百姓以肉身坚守

官员依傍着权力

国王捍卫着王权

难道是历史的错?

如今

狮子已不再咆哮

砾石也由白变黑

雨水冲刷深夜的峭壁

惊雷击中村庄的心脏

闪电劈打宫殿的亭台

纳丁再也无法

唤醒昏庸

再也没有马来人

去捍卫家园

如果您的圣旨能将心比心

我族是否会有不同的模样？

如果没有大臣的毒言相向

族群的本性是否会有改变？

（蔡钰佳　译）

《金山公主》观后感 [1]

如果我的血确是白色
身为斯昆当的后裔
我不会任由你糊涂地
穿上不属于你的华服。

你头顶皇冠
却不尊崇于它
用民歌倾诉着烦恼
用曼妙的宫廷舞蹈
吐露着情愫
你的心意融化在
飘逸的茉莉花香中。

你寻觅崇高的爱
脚踏砾石和钩刺
在满者伯夷国的忧郁和淡目国的坚决之间
你坚定地回应了

1　金山公主是马来西亚传说故事的人物，在古典小说《马来纪年》和《汉都亚传》中都记载着她的事迹。二〇〇四年，由苏宗兴导演的电影《金山公主》在马来西亚上映，获得超过一千万美元的本土票房。电影改编自传奇故事，讲述了满者伯夷国国王为了抵抗外敌进攻，听从大臣进谏，决定把妹妹古斯迪公主献给马六甲国国王苏丹马末，以求政治上的庇护。然而，公主却与汉都亚将军一见钟情。为了国家的安危，她不能直接拒绝苏丹，于是她向苏丹提出了七个苛刻的条件，最后，当苏丹不能办到第七个条件，即取他儿子的血时，他才恍然大悟公主提出的这些条件是表示她拒绝当其王妃。苏丹勃然大怒，对公主下了严厉的诅咒。公主则隐居金山，因此也被称为金山公主。该诗歌表达了对电影的一种批评，诗人认为电影有悖于原著，在表现手法上也有一些不尽如人意的地方。

美人鱼河口狂风的怒号
向山脚送去
思念之彩蝶
在船沿诉说着梦想。

你赞扬圣洁完美的爱
当蒂惹的面容被晚霞映红时
在黄昏中发誓吧
让金山森林吞噬你的婚椅
品尝你款待的食物
让我们更加痛苦。

与人搏斗的古斯迪公主
不幸的汉都亚大将
不协调的爪哇歌谣
诉说着毫无意义的情话
神奇的魔力
困顿在根隙里的解释
预感迷失在
盘根错节的根茎里
你描绘的是爱情之磨难
但却看不出任何色彩
你展现的聘礼也没有那么厉害。

请原谅
这并非久已描绘在
船帆上的图像
或者流淌在灵魂和思想中的
沉重的鼻息。

这并非我们熟知的

历史面貌

这并非我们深爱的

国家模样。

（张静灵　译）

那个国家啊，安东尼

是否我错误地审判了你
安东尼
撑起了被爱之指撕裂的
世界
妖娆的诱惑钝化了
雄狮的獠牙
皇冠的誓言断送了
征服者的初衷。

你说
让罗马城毁灭吧
让帝王像倒塌吧
但你违背了这个诺言
凭借谈论权力的蜜语
和太阳般炽烧的热血。

如果之后没有将你
载入史册
我会强调
那个国家并非你的国度
沙漠和河流哺育了她的
文明
你的灵魂之笔无法写下
同样的爱语
被季节操控的一切
和那迥异的文化游戏

你无法轻易读懂。

安东尼，我们的国家抨击着
抱怨着
浸染鲜血的剑章和盾法
这个国家是砾石劲风铸就的帝国
那个国家是信奉神祇星相的国度
然而至今我们都没有敲开天空之
门
也很少以智慧的语言对话。

归来吧，马尔库斯·安东尼
战争的号角已经吹响。

（王荷蓬　译）

罗斯里・K・玛达里
（一九六一年至今）

出生于吉兰丹州古邦格亮，是二十世纪八十年代马来西亚最重要的诗人之一。一九八四年从马来西亚理科大学毕业，之后在吉兰丹的私立学校教书。他是继穆罕默德・哈吉・萨勒、巴哈・再因、柯玛拉及拉迪夫・莫西丁之后的后起之秀，在诗歌领域具有一定的威望。自一九七八年开始写诗，三十三年后，他将自己精心挑选的诗歌收录在第一本诗歌集《月亮》中，其中很多未曾发表。他的诗歌包含了神性、人性和战争等主题。曾获得一九九八至一九九九年度马来西亚文学奖，一九九五年、一九九六至一九九七年度及二〇一〇至二〇一一年度马来西亚首要文学奖，二〇一三年吉兰丹艺术家奖。

离别珍重，我的皮影艺人

每当陷入回忆时
这旧灯，即使不再闪耀
我依旧会时常想起你
啊！我的皮影艺人。

不知何时
你的生命被光照亮
从传记故事中化身
将所有角色尽显幕前。

你手持榕树剪影
久远的故事情节
最终回归传记的脉络
迂回曲折，支脉纷繁，而结局明晰。

幕布是道德的帷帐
演绎着故事与报应
象征着天命与定数
不再述说，但未来永恒。

在那幕前，如此之久
你始终追寻着真理与典范
在那光影的隐喻间
镶嵌着寓意，渗透至脑海。

没有光亮，就没有影像

有光亮，则有明灯
这灿烂耀眼的学识
都因造物主而存在。

而你独自一人，啊，我的皮影艺人
你是连排的命运字母
被书写下来用以填满
生活篇章，或厚或薄。

在你年迈之际
生命走到尽头
呼吸也即将停止
犹如消失之影。

恰如那影子
你也不会永世长存
因为这世间也要消亡
没有如天堂这般完美。

你留下所有故事
耳边再无鼓声
但所有深藏着的经典
依然澄澈如露珠和明镜。

离别珍重
啊，我的皮影艺人
留我一人孤身在此
等待为这些影子赋予含义。

（张静灵　译）

太阳是否炽热如火

我
理智尽失
留下姓名
立于沙地。

名
莱拉默读
我的思念
长存于世。

思念不但
幻化为魂
更融于世。

其余的
皆是泪。

啊，莱拉。

如今的我
如一滴露珠
却流淌着鲜血。

此刻的我
荒漠孤影
天际远云。

我凝视黄昏
盼你容颜现
眺望着黎明
只因思念情。

你与我
是灵魂的相遇
而非四目相视。

莱拉
沙漠之上
太阳是否
炽热如火?

在这里
我被遗弃。

想你
之时
纵有烈日相伴
依旧寒气凛冽。

（刘沁沁　译）

远海的记忆

你在我记忆中翻滚
啊，远海。

我听见海浪的声音
在你的生命中澎湃。

你携着细碎的浪花而来
想尽办法让我明白一切。

但我依旧需要
更详尽的阐释。

然而，这样的寂静里
我更喜爱微风与云朵。

我渴望感受宁静
如搁浅的独木舟。

予我些许贝壳
让我铭记，生活的短暂。

就如彩虹终将消逝
就如太阳终究西沉。

若我再走到你面前
沙上必将留下脚印。

标志着我们曾经相遇
然后分开。

更长久，浪漫或哀伤的
只留在了记忆里。

（刘沁沁　译）

莎米雅·伊斯迈
（一九五四年至今）

生于吉兰丹州哥打巴鲁。小学和初中在哥市近郊的古邦克兰济念书，高中转入古邦格亮中学。一九七四年进入马来亚大学历史系，一九七七年毕业。一九九五年获得伦敦大学文学硕士学位。

莎米雅于一九七〇年中学时代即开始写诗，非常喜欢近代印尼诗人阿米尔·哈姆扎的诗歌。除了写诗，她也从事小说和广播剧创作。一九七八年开始供职于马来西亚语文局，担任助理编辑，一九八七年任《文学》主编，本时期是她的创作巅峰期。一九九九年，担任语文局北部地区局长。她亦热衷话剧，是马来戏剧界第一位女性导演。一九八七年策划戏剧《外套》的演出，声名鹊起。曾任语文局文学部比较文学组负责人，目前已退休。她的作品不多，但个性鲜明，且具有强烈的历史感。已出版诗集《致友人》（一九九三年）。

时　光

翻看着日记本
那些已远逝的
如此的缓慢

看着墙上旋转的
指针
如闪电霹雳

正在等待的我
伴随着一册日记本
和墙上的时钟
仍在找寻答案
和积累疑问

（张静灵　译）

汉江边

在汉江边
冷风袭面
阴暗天气
朦朦胧胧
在江对岸
隐约出现的高矮楼群
被缓缓流淌的汉江
河水隔开

在汉江边
冬季的冷空气中
我站立御寒
在首尔中心的岛上
多么美好
如果天气不那么阴暗
雾气遮住了视线
幸好有祈祷室，祈祷和幽灵
作为陪伴
在这瑟瑟发抖，行人稀疏
的冷天

到来时
汉江吸引了我
水流缓缓
犹如慵懒的生活

黄昏时

汉江映射出傍晚的阳光

纯洁的一瞥越过田野

我描绘出仇恨

对着那些我快遗忘的面孔

汉江

你一定是忠实的见证者

记录了民族文明的盛衰

在公正和全面的估量中

（张静灵　译）

给母亲的诗

妈妈
我早晨飞走
　　思念着您
多么残忍啊
将思念和忧郁
分隔开的距离
使心中五味杂陈

如此这般
互推责任

母亲我是您的孩子吗？
只身在异乡
哀号哭泣着
时间戏弄了人生

（张静灵　译）

赛义夫

（一九四二年至今）

　　出生在登嘉楼州的帕卡。从小在宗教学校学习，在宗教中学学习的同时，他也自考马来西亚教育文凭，一九六九年获得高级文凭。一九七〇年，马来西亚国民大学成立时，他成为该校的第一批大学生之一。在校期间，他是学生会的创办者。一九七四年获得学士学位，一九七七年获文学硕士学位，并于一九九一年获得博士学位。在全心投身政治之前，他一直在马来西亚国民大学任教。现在是马来西亚伊斯兰教党的政治人物，雪兰莪州万宜 N26 区的前州议员。

　　他在读宗教中学时就对写作诗歌产生了浓厚的兴趣，由于扎实的宗教教育，他的诗歌蕴含了较强的伊斯兰教元素。他的诗歌曾发表在《社会月刊》《玛斯蒂卡》《时代月刊》《马来西亚周报》等纸质媒体上。他的诗歌被收录在一些诗集中，如《一九六一年至一九八六年马来新诗选》《一九三三年至一九八六年伊斯兰教马来诗歌选》《一个世纪的诗》《一九七五年至一九八五年马来西亚诗歌选》《现代马来诗》及《马来群岛诗歌选》等。他曾获得一九七五至一九七六年度和一九八四至一九八五年度马来西亚文学奖。

某种含义

表面上
生活总是如此平凡
致使我们一无所获
然而，
某一刻
当我们在角力中摔倒
并沉沦
于软弱无力之时
我们遇见了它
好似海滩的午后
当夕阳仍红而幽暗即临之际
不情愿的心绪盘踞
但事实却拉我离开
最后一切谢幕
随夕阳的西沉一同消失。

然而生活
就是意愿和定式间
的博弈。

（张静灵　译）

时　光

时光的脚步
踩着它
展开梦之羽翼
它脚下
太阳萦绕。

每片秋叶零落
飘至额前
拥抱白色芦苇花
携着断枝
继续飞扬。

在光阴中
伴随着脉搏的跳动
最后一刻倒下的我们
曾在无数个黄昏
蹒跚着迈向山顶。

在漫长的漂泊中
点燃信念的火把
当一个个熄灭时
墓碑成排屹立起
这些石碑
引领后人
继续前行。

（张静灵　译）

追寻者

活着的我们追逐逝去，因此我们成为不停息的追寻者！

整个世纪
幸福呼唤在耳边回响
一阵阵
燃起了念想
我们遂挺身而出
追逐这呼唤
每一次回报
是充满欲望泡沫的高脚杯
每回浅斟干裂的唇
而饥渴又回归原状。

充满欲求的人类
如果全被满足
行动必将凝固与激励绝缘
生活必将乏味让寂寞叩访
举目无亲的房子
空无一人的世界。

都成了生命的遗嘱
我们拥有的已消逝
因此在寻找中
勿问找到什么
因为我们始终都是追寻者。

（庄华兴　译）

超越定数

生活
并非方程
没有定数
这刻我们伫立
转眼变成漂泊
摇曳
已逝的春秋
在颤抖中消亡
一切都可能偏离轨道。

生活
就如开弓射羌鹿
它的血喷向前方
假若我们要生活
则要比现在更好。

固定的方程
不变的逻辑
生活远不止这些。

（张静灵　译）

寂　寞

住在这房间
让陌生囚禁
与妻儿分离
与寂寞做伴
静到一切都凝固
与四周结实的高墙和天花板一起
压迫着我。

在这里等待的
是已逝的诺言
使我遭受责备
如背信弃义的罪人。

这不确定性
是无止境的厌倦
因为一切缥缈不定
每次思念
如此折磨
如刀割般伤痛。

在这里坚守
若没有理想的支撑
一切都将混乱不堪
理想之火苗
也早就熄灭。

（王荷蓬　译）

三苏丁·贾法
（一九四二年至今）

　　出生于雪兰莪州的双武隆，早期在霹雳州和吉隆坡就学。在写作领域，他以诗歌见长。读书期间他就展现了诗歌创作的天赋，曾在《青年文学作品》担任编辑。创作诗歌、评论和翻译让他积累了一定的经验。一九六二年是他成为一名诗人的起点，早期创作多以自身经历为主，充满浪漫主义情调。曾在《马来信使报》和《马来西亚周报》做助理编辑，之后在语文局担任校对工作。一九七七年在马来亚大学进修翻译课程，一九七九年获得翻译文凭。一九八五年至一九九一年，通过远程教育获得马来西亚理科大学学士学位。之后在语文局的文学构建和研究部工作直到一九九七年退休。

　　虽然工作繁忙，但他仍活跃于马来西亚作家协会、马来西亚翻译协会、马来西亚文学批评协会和马来西亚比较文学协会。凭借诗歌《古代铃铛》和《消失的美好》获得一九七一年文学创作奖。曾出版个人诗集《风声》（一九七三年）、《这条线上》（一九八二年）和《消失的美好》（一九九二年）。除此之外，还与其他诗人共同出版诗集数本，如《马来诗歌先锋》（一九七一年）、《马来群岛诗歌》

（一九八一年）、《一百首马来西亚诗歌》（一九八四年）、《内心的声音》（一九九三年）及《手心的天空》（一九九五年）等。

陨落的星

昨天抬走了一副棺材
伴着些许盈眶的泪水
这是孩子心中燃起的怒火
这是青年们被抓伤的日子
瘢痂累累和鲜血淋淋
心中的怒火无休无止。

昨天已埋葬所有希望
迄今为止唯一的骄傲
那代代相传的神圣遗产
如今却遭无情的蹂躏。

一颗闪耀之星在心中陨落
抗争和优秀的典范
对于你我而言
不曾留下什么。

（龚诗迪　译）

遗失的美好

一

老鹈鹕啼血悲歌
下昼时它悄然而至
细雨将羽毛打散
带着尘土气息独自飞翔
疲惫则随波逐流。

叶子变绿生机勃勃
湖面闪烁波光粼粼
河流缓缓汇入河口
祥和安宁环绕森林
献上所有纯洁的爱
汇编成了爱的恋歌。

忧郁的夜内心满是创伤
岩石上的猫头鹰伤心抽泣
月亮再也无心装扮自己
夜晚的星星也变得黯淡无光。

二

人们在实验室
书籍，数据和计算机里谈论星空
于是月球和星空被开拓
能在星际和宇宙中探险。

鹈鹕的羽翼折断羽毛散落
谁那沙哑的嗓音回荡在夜空
平静的河流突然间波涛汹涌
不知村镇哪个孩子又要丧命。

三

月亮不再指引纯洁的爱情
星空无法见证爱人的誓言。

（张静灵　译）

梦中歌

尽可能去做美梦

倘若你还有梦想

若梦想还属于你

因为你我的梦想

共系云端

远离安宁的岛屿

只有亲切的鹈鹕

可以一起唱响

我们梦中

之歌。

我们注定要历经坎坷

尖刺，荆棘和绊脚石

歌唱吧，歌唱

我们的梦中之歌

我们共同的旋律

竭尽所能地嘹亮

无所顾虑地歌唱

用尽全力

缩短黑夜

问候白天

拍打浪花

撼动高山

在任何地方

在我至爱的祖国。

这就是我们的梦中之歌

我们的权利我们的所有

我们的歌，我们的梦

我们共同的梦想

在永无止境的

奋斗中。

（王荷蓬　译）

三苏丁·奥斯曼
（一九六六年至今）

　　出生于柔佛州的东甲，获得马来亚大学马来文学的博士学位，目前是马来西亚博特拉大学的老师。他自幼喜欢读书，并从小跟随父亲参加各种宗教活动。十六岁时写的诗歌《我是它》发表在《大学生月刊》上。之后在吉隆坡马来语师范学院学习期间，他遇到了作为诗人的马来语言文学老师纳薇薇。在纳薇薇老师的帮助下，他的一些诗歌通过修改发表在了当时的主流媒体上，如《新闻周报》《马来西亚周报》和《文学月刊》。

　　二十世纪九十年代初，文学评论家开始认识他并关注和评论他的作品。他的名字也出现在当时的年轻诗人之中。由于从小受到的宗教影响，他更多地通过诗歌表现根据宗教教义呈现的真善美。一九九八年起，他的诗歌更加明显地展现出"浪漫主义宗教色彩"，其主题主要侧重于心灵和人性细微差别的领悟。曾经获得三十多次国家级文学比赛的奖项。出版的诗集有《话语花园》（一九九六年）、《心灵花园》（二〇一二年）、《意义花园》（二〇一三年）、《人性花园》（二〇一六年）及《圣洁的麝香》（二〇一六年）。

文明的花园

我徜徉在自己的世界
为了看清我抛下的
面孔和灵魂
当其面露忧伤时。

有时寻找你的存在
我开始了解
呼吸起伏
血液流淌的起点
对于承诺和感觉
对于道德和思想
都在继续澎湃。

这是一种经历
给予我生活恩赐的幸福
让我重塑信心
当我忍受苦楚
直到我感受到爱情的愉悦
没有了痛苦。

为什么必须寻找这些弱点？

我们应该寻找混乱无章的根源
我们必须踏上支离破碎的土地
我们应该研究违背忠诚的誓言
我们筛选，修改继而呈现

一个终极的真理。

我们是否质疑过
利剑尖端的鲜血
因贫穷而典当的土地？

为什么紧追不舍
互相羞辱？
想必关系如虚拟一般亲密。

我真的想念嬉戏公园
里面流淌着清澈的河水
花儿盛放出芬芳
月光下纯洁的夜露。

我伟大的祖国
我将你的名字从寂静的世界
推向七大洲，绽放光芒。

（张静灵　译）

西蒂·再侬·伊斯迈尔
（一九四九年至今）

　　生于雪兰莪州鹅麦。她是一位作家、艺术家、诗人和画家，也是专门研究马来传统文化艺术的学者。小学期间在哥打巴鲁学习绘制巴迪布。出于对艺术的热爱，一九七〇年至一九七三年，她在印度尼西亚艺术学院学习艺术，学习期间她常常获得卡蒂尼奖。一九七四年回到马来西亚，成为青年文化和体育部的绘画教练。一九七六年她开始在马来西亚国民大学做助教，一九八〇年获得文学硕士学位，一九九二年获得马来亚大学的博士学位，在马来西亚国民大学任教直到退休。

　　她经常代表国家在国际舞台上朗诵诗歌，展览画作和艺术品。她的诗歌和小说被翻译成英语、韩语、日语、法语、俄语、泰语、印地语、乌尔都语等。她的诗歌除了充满抒情格调，亦具备丰富的马来传统艺术形象。她曾获得东南亚文学奖。已出版诗集有《夜晚的吟唱》（一九七六年）、《恋人的白色的诗》（一九八四年）等。

山野农夫的浪漫

山顶的南瓜
花朵绽放释放香气
与带雾的清晨寒暄
柔嫩的山草间
农夫绽开笑脸
采摘熟透的橘子。

果园中
马儿呜咽着
渴求爱抚和奶水
笑与悲
沐浴在阳光下。绿色
围绕着度假的游客
远离热尘
乘坐虚伪的汽车
逃离抗议
疲乏的城市
他们坚守着高楼大厦
啊！强大的外国资本
拍打着翅膀
长发盘绕着整个
血色大地
愤怒弥漫四周
在山上他们露出了微笑
南瓜被装进货车
运向城市

运往各地。

南瓜笑
水瓜生
农夫欢乐把歌唱。

在山风中
寒冷吹起了
他们的烦恼
因为漫长的播种季
他们须从城市归来
南瓜花又开了
沐浴在满山露水中。

游客来了
农夫哼着歌
生机勃勃一派祥和。

（阮雨妍　译）

岁　月

我已将你安顿

在宁静的角落

伴以平淡的追求

我再次缩小空间

我透过窗子

放走昨日的飞蛾

伴着一缕晨光

迎接你的到来。

秉着自爱

生命成长

成一颗坚固的水晶

折射出棱角的光芒

我们则要留意

将反射回的光

朝向同一方向。

没有您的允许

清晨不再散发泥土的芳香

或突然

我那窄巷

转为紫色。

（王荷蓬　译）

采石工

车辆停止
并在森林里排起长龙。
凿石声不绝于耳
是你吗？逃避至此处
离开家中妻儿
狠心拼命工作
你笑着挥手
对着所有的根，干，枝和叶
雨季或是旱季
你还能大叫，跳跃着
快如一道闪电。

生活依然富裕，你说
这里的爱是如此细腻
来自大自然，蕨类的清香
山鸡的啼叫
或浑浊的河水
崩塌的土壤被带往山谷
重新植下青草固化山林
生活在露珠里歌唱
在某个多云的上午
你是未来生活的
征服者。

（王荷蓬　译）

铃　铛

向晚。当细碎的银铃自靴腰上
响起，让我忆起了静悄悄藏在
柜子里的琉璃铃铛。是的，琉璃铃铛！
一个我想念它发响
欲经常叩响的铃铛。然而怎么办？
如果它以为干扰熙攘的行人
而他们又无法猜透我叩铃的用意！

嗨！且听我靴腰上轻轻的丁零零
正当四月的雨倾盆而洒
而我自个涉水归去
家中庭院漆黑
没有灯光！你可知晓？可知晓？

（庄华兴　译）

码头的黄昏

这里的海风不甘寂寞
梳理波动的思绪
话如冰块从嘴边滑出
滑溜和寒冷。

尝着热腾腾的食物
烹煮青菜的热气
香味弥漫在眼前
蔓延至海湾边
恰如重复了千遍的故事
我是古老神话的诉说者
而你是忠实的听众。

我是海的女神
散下柔软潮湿的秀发
同时
编织着黄昏的细语
是你吗？
卷起了金色的圣旨。

那触不可及的
是欲望
积聚在
昂贵丝绸里的秘密

就像没有满载的货船

缺了水手停靠在码头。

（张静灵　译）

诗迪·扎莱哈·穆罕默德·哈希姆
（一九五三年至今）

马来西亚著名女诗人之一。出生于霹雳州的太平。一九七六年毕业于玛拉工艺大学，一九九六年获得英国利兹大学的硕士学位。一九七八年至今，她都在语文局工作，是《文化月刊》《学生月刊》《文学月刊》的主编。二〇〇六年其诗集《月亮海上的宝石》获得马来西亚首要文学奖。已出版诗集有《月亮海上的宝石》（二〇〇六年）和《纸船和火海》（二〇一二年）。

月坑上的水晶

飘浮着，一朵水晶玫瑰
在月坑，黑暗遮住其光芒
夜晚寒冷刺骨而白天炽热
无声地碎裂了，水晶
一块依然美丽的碎片
被捡回地球，到真实世界
当搁置在门边时
黏带着月球的土。

看见银河星点的
神力，在困倦的
时刻
阻挡狂热的海洋，忧虑的
答案
绽放的玫瑰星云连接银河
云团
到达空中，那非同寻常的
天地
挥动翅膀在此生活
不管地球绕轴自转
已经一半路程
但也为时不晚
当门被叩响九下来回应
问候

将自己的钥匙交出飞跃
谜团。

（张静灵　译）

悬挂在银河的希腊神话

当子弹壳飞落在
庭院
希腊神话挂在银河
在那里谁有时间
叙说
夜空中的狮子座与
武仙座
当我与小孩飞越
寻找
村里的孩子和鸟儿，在黄昏
不是
每一天这里都横尸遍野
他们被抛向漆黑的火星
黑暗，死寂，恐怖和悲痛

灾区的孩子们，痛苦的继承者
若你今晚还没入睡
打开那被子弹穿透的窗户吧
就在刚才，我借古老班顿，马来歌曲传达我的爱

"亲爱的如果要掉落，就让菠萝蜜掉落吧，
　　　　不要砸中那芒果树；
亲爱的如果要睡觉，就请将双眼闭上吧，
　　　　不要思念远方的人儿。"
战区的孩子们
睡一会吧，从白昼的魔掌中

摆脱出来，希望在梦中

你遇见那逝去的童年时光

希望在梦中，你能够见到

再也没有回来的父亲，而

你足够成熟时，奋起反抗

因为每一棵生长的树木

都被赋予了姓名和年轮

直到它茁壮成长。受苦的民族

必须从苦难中崛起，挖掘

民族的根基，勇敢地生活，并且

每一片翻滚的海

都被赋予了颜色和期限

整个暴风期间，受侮辱的

民族

必须起来筑造堤坝

塑造更强大的

自己，抵抗痛苦的海浪

在战火爆发的各个角落

希腊神话挂在银河星系

因为孩子几乎已不存在

他们都突然成年

在未到成年之时

（张静灵　译）

北京之行

当牛街古清真寺的小伙
向我问好时
丝线将我们相连

当扭秧歌跳扇子舞的妇女
与我笑脸相迎时
文化便悄然相遇

当中国青年
说马来语时
整个北京之行
情谊油然而生

（白丽娜　译）

风　筝

勿忧心，当看见
充满爱心
亲手绘制的风筝
多年后
倏地失去方向
任由狂风欺凌。

勿再哭泣
即使结果很悲惨
还有一个声音在说：
错解风向的是你
不料变天的是你
让风筝失控的是你。

失误使人
明智，才知最完美的
时机，扎制更结实的
风筝
因为坠入幽暗山谷
当被苦苦寻觅之时
更多光亮的范围
越靠近最初的地方
越远离伤痛和遗憾。

当人们望见
风筝高高飞起

而我就站在那里

自信地掌着绳线

谁又能不惊叹呢。

（白丽娜　译）

索林辛·奥斯曼
（一九六一年至今）

　　出生在玻璃市的巴央，从小就有一颗热爱文学和艺术的心，曾经幻想成为像马来著名演员拉姆力一样的艺术家。一九八三年毕业于玛拉工艺大学的艺术设计和广告专业，一九九九年获得马来西亚理科大学文学硕士学位。从事艺术创作、视觉传媒、摄像、话剧等工作约三十年之久，是这个领域的专家，但他也是一名诗人、记者和教师，任教于苏丹依德利斯师范学院。在某种程度上，他与拉迪夫有些相似，他的身份多重化，并且将不同的艺术形式融入文学中。用色彩和线条来创作艺术，同时又用文字来书写思绪。

　　从十七岁开始写作，主要创作诗歌，曾经出版诗集《诗歌集：品读人类》（二〇一四年）、《波涛》（二〇一五年）、《自然之笼》（二〇一五年）及《诗歌集：记忆之书》（二〇一五年），凭借诗歌《再见假面》获得二〇〇二至二〇〇三年度马来西亚首要文学奖。

再见假面

你俘获我的肉体后
却假装不懂我的思念

你使我神魂颠倒后
却故意不懂我的寂寞

你伤透了我的心后
却将虚伪藏匿于微笑

你尝到我咸的泪水
却在我内心逢场作戏

你尝到我苦涩汗水
却露出你甜美的假面

你搜刮完我的家后
却用此为你遮风挡雨

你夺走我的生计后
却仿佛不懂我的苦楚

你断了我的前程后
却去追逐自己的幻影

把我推进你的梦中
却在我梦中揭开黄昏

拥着你的气息入眠
却留我独自在记忆中

你在我生命庭院中饱餐后
却留下我整季的饥肠辘辘

你在我生命海洋中畅饮后
却留我在余生中口渴难耐

你建起胜利之城后
却任我沉沦于坍塌的命运中

你站在岁月之巅后

却让我漂流寻找自己的错误

你消失在我脑海后

却又突然出现召唤我的命运

你活成我的模样之后

却故意抹杀我的天性

（张静灵　译）

不是没有

我宁愿没有颜色
如果只为了从短暂的白天
借用光芒
之后与黑夜一同归去
没有月亮和梦想。

我不是一部话剧
只是表演和想象。

（张静灵　译）

母亲的芬芳

母亲的眼里
露出打拼的回忆
和路途中的经历
寻找并收割幸福
在漂泊者
爱的丛林中。

母亲的唇边
说出甜美的鼓励
思念的花朵
爱怜的颜色
成为永恒的黄昏
和自己的彩虹。

母亲的画像
刻画出岁月的文明
用默默付出的线条
梦想和祝福的连接
在白色的生命像框内
塑造虔诚有爱心之人。

母亲自己
是久远的历史
被甜美的墨汁记录在
柔软的宽布上

绣满整个时代生活的

丝线。

（张静灵　译）

苏海米·哈吉·穆罕默德

（一九三四年至二〇一四年）

　　出生在霹雳州的哥打拉马基里，一九五四年从苏丹依德利斯师范学院毕业后在霹雳州多所学校任教。一九七五年起供职于马来西亚语文局，那个时候语文局汇集了很多大文学家和文化学者，与他们的交流和接触让苏海米形成了自己的写作风格。他不仅创作诗歌，还撰写短篇小说、话剧和文学评论。

　　他对诗歌的热爱造就了他在这个领域取得的卓越成绩。他不仅是多产的诗人，而且一直坚守着自己对诗歌的理解，与同时期主流的现实主义作家不同，他常常被称为"超现实主义"和"神秘主义"作家。从二十世纪八十年代开始，他的诗歌不再讨论物质性的话题，而是转向精神领域，如宗教和神性的话题。一九九七年，他出版了诗歌集《存在》，里面包含了他从一九八〇年至一九九五年创作的二百零六首诗歌。他的作品有时很难理解，他常常使用一些个性的象征符号，为马来诗歌注入新鲜的血液，成为现代马来文学中超现实主义作品的奠基人。

　　他的作品多次获得各类级别的奖项，一九八七年得霹雳州作家奖，一九九五年获得东南亚文学奖。一九九八年，霹雳州政府授予他霹雳州艺术基金会奖，表彰他在文学领域做出的贡献。出版三十二部个人诗集，共收录了一千多首诗歌，其中包括《去我城的路》(一九五九年)、《一个孩子的出生》(一九六九年)、《石头上的花》(一九七〇年)、《绿地》(一九七一年)、《圆月》(一九八一年)、《织月》(一九八三年)、《骨头》(一九八六年)、《鹈鹕之歌》(一九九一年)、《存在》(一九九六年)和《母亲我的爱》(二〇〇七年)等。

月光之花

丝绒般的草原

洒下蓝色的月光

丝绒般的草原

飘着忧郁的细雨

一匹灰狼

从灌木丛中蹿出

带血的脚爪

伸向月亮

张牙舞爪

他低声诉说过往的日子

小刀刺入他的身躯

毒液已渐渐

渗透

筋骨

丝绒般的草原

月光之花已开

花瓣舒展

直指夜色云端

根茎缠绕

蔓延夜之河流

月光之花尽情生长

开成无边巨伞

庇护我的家园

（张静灵　译）

在家中

在家中
我欲结束
那漂泊的疲倦。
没有立刻找寻
一处柴火
用以取暖。
只想凝视
高耸的山峦
山顶上
云雾缭绕
流水淙淙。
久久凝视
云游，水流
让疲倦湮没于
燃烧着的
柴火中。

（王荷蓬　译）

模 样

不应提及

有一件很可怕的事

眼睛不一定长在鼻子上方

嘴巴不一定是甜美的两瓣

何况必须从他的角度来观察

若非如此

眼睛长在下巴底而双颊长满了毛发

伸舌头露獠牙并等待着

一切比深夜恶鬼还恐怖

用白色的手掌走路

跌跌撞撞走向坟墓

皆因人性如此可怕

且再也无法被隐藏

世上曾上演的一切

全然与承诺和爱背道而驰

让人毛骨悚然

草原上的动物

其本性和行为

尚比人类真诚

贪欲扭曲了人性

当那一天真的来临

我们再也目不忍视

恐怖至极毛骨悚然

再也没有什么值得珍爱

如今

趁人类的模样还未成形:

因为一旦呈现

势必极其可怕

（王荷蓬　译）

战争纪念古堡

战争纪念古堡仍矗立在那里
虽然一代又一代
铁蹄从未停止对它的践踏

我们都知道是谁开始挖掘这里的土地
乌苏大伯吐着烟圈
笑着说
这是玩打仗游戏时你的堡垒，进来吧

战争已爆发多次
我们也多次死去
然而我们的堡垒仍屹立不倒

如今已成我们调解人的乌苏大伯
虽已离开他那竹地板的屋子很久
他仍微笑着在菠萝蜜树下
抽着烟草

战争纪念古堡仍屹立在村尾
在岁月轮回的间隙隐藏和平
我们仍能感受她神奇的热拥

（白丽娜　译）

东姑·阿里亚斯·泰益

（一九四三年至二〇〇四年）

生于瓜拉登嘉楼（简称瓜登）。一九六〇年至一九六二年在瓜登师资训练中心接受师范教育。毕业后任教于瓜登数所马来小学，至一九七四年七月调迁都门。一九六四年创立了登嘉楼青年作家协会。

他于一九六〇年开始写诗，兼写短篇小说，二十世纪六十年代中期以后专攻诗歌，诗作见报率高，声名鹊起。一九七二年，他以油印方式交出第一部诗集《诗布朗达记尔的海并非蔚蓝》，辑录一九六八年至一九七〇年的四十四首诗，借以向诗坛宣告他选择诗歌作为表述个人感思的方式。他早年的诗明显受到印尼著名诗人伦德拉的影响。在题材上，他的早期作品多以故乡瓜登景物、当地的人与事为主，写下了饶有乡土风味的瓜登诗系。迁居都门后，他的诗歌更多地审视都市社会的形形色色，他用独特的视角批评马来社会的经济、环境和人性等问题。他的语言非常具有创造性，擅长通过象征手法揭示都市美与丑的矛盾与对立。

他的诗歌被打上超现实主义的标签，在他勾勒的大量人与物中，诗的美感不在于对象或描述主体的选择，而在于诗人独有的言说方式与形式结构。他也

是一位乐于尝试新形式的作家，但强调形式上的实验
必须与题材内容有某种联系。他的诗歌曾连续两年
（一九七五年、一九七六年）获得文学作品奖，他
亦曾代表马来西亚出席中国台北国际诗人节。除了
一九七二年的油印诗集，已正式出版个人诗集《城市
猎人》（一九七八年）、《一串钥匙》（一九八五年）、《大
戏》（一九八八年）、《金字塔》（一九九〇年）和《斜
阳》（一九九六年），诗作亦入选《马来群岛诗歌选》
（一九八一年）和中学马来文学课本。

情绪的市场

这是情绪的市场
摊位上坐着多愁善感的商贩
迎接着这些感性的常客。

这是情绪的市场
人们交易着
那些发自内心
而非经过思考的话语。

人们交易着
陈旧且无力的
证据
像易折的朽木
如干枯的枝丫。

这是情绪的市场
拥挤的人潮中
流淌着空洞的对话。

这是情绪的市场
充斥着肤浅的思想交易
和粗俗的讨价还价。

我走进这个市场
沿着繁忙的人流
混迹在商贩和顾客中

他们感情丰富
却智慧贫瘠。

这是没有思想的市场
充斥着虚无的喧嚣。

（阮雨妍　译）

客

夜潜入敞开的窗户
带着墨色茶碟
为我冲下一杯苦涩的咖啡

我饮下的咖啡
我品着的夜色
不断为我驱赶瞌睡

夜溜出微张的窗户
给我留下了氤氲
和茶杯里的黎明

早晨在眼前伸着懒腰
心中隐约响起
公鸡报晓

（张静灵　译）

稻　谷

小时候
在你的身上种下稻谷
成年时
你的骨缝中滋生野草

温柔的乡风
使你低下了头且被马来化
冰冷的井水
灌注着你的品德

一切都井然有序
源于自我的成长
一切都如此谦卑
犹如饱满的稻穗

如今已成年
你的血液中流淌着顽强

（张静灵　译）

友谊之林

与你为友
即与知识为友
与敏锐的智慧
睿智的沉思
以及反复推敲的论证为友
与你为友
即与你的敌人为敌
那些为所欲为的
诽谤者
那些背后捅刀的
嫉妒者

啊，朋友，忘了他们
来继续我们的狩猎
在恒久的友谊之林
我不需要溢美之词
只需要你真诚的手
当我在狩猎中跌倒时
我只想陪伴着你
在荆棘丛生的路途中
和千难万险的狩猎中
我不需要他们
来吧，继续我们的友谊

（王荷蓬　译）

我展开一张地图

在祖母祖传的正艾木桌上
我展开一张六十年的地图
我徜徉在地图里
扎起心中的竹筏。

乘着竹筏，划动回忆
追溯到我的童年
那些消磨在田埂间
耐着心钓鱼的时光。

乘着竹筏，乘风破浪
削尖铅笔，赤着双足
告别门前石阶上的母亲
沿着泥泞的小径去学校。

乘着竹筏，一路抗衡
如进入我的少年
在磨砺写诗的天资
和谈情说爱间徘徊。

乘着竹筏，翻搅岁月
回溯从前寻找自我
生命进入成熟恬淡的午后
探寻我存在于这世间的意义。

在祖母祖传的正艾木桌上

我展开一张六十年的地图

图里有山

山顶有我。

（阮雨妍　译）

乌斯曼·阿旺
（一九二九年至二〇〇一年）

　　笔名东革华兰（警棍之意），是马来西亚著名诗人、剧作家和小说家。生于柔佛州哥打丁宜。他的父亲是一名渔夫，他的母亲在他年幼时已过世。由于家境清贫，他只在马来小学接受了六年的正规教育，之后就一直靠自学。二战结束后，他成为英殖民政府的警员，因不满当时警方的滥权作风，他又转行当记者。一九五一年起，他曾在《儿童信使报》《玛斯蒂卡》《马来西亚前锋报》工作，一九六二年又加入联邦出版社，一年后转至马来西亚语文局，成为几个期刊的专栏撰稿人。在出版社工作期间，他持续写作，创作了大量诗歌、小说、戏剧和文学理论、文学评论。

　　他是马来文学中的"五十年代派"的中坚成员，其作品着重反映社会现实、关怀受压迫阶层、强烈反对殖民主义，并富有浓厚的爱国主义精神，深受马来西亚各族群读者喜爱，被誉为"人民的诗人"。他的诗歌带有浓厚的传统马来文学技巧与价值观。他的诗歌不仅富有韵律，强调韵脚的和谐与统一，还包含了隐喻和实意，形式工整，情感内敛。此外，诗歌语言委婉流畅，音节铿锵有致，韵律节奏如影随形。至《黑雪》写成以后，乌斯曼的诗风有了转变。此后，他尝试吸纳当代的诗歌写作技巧，在形式上寻求更大的自由与突破。书写人类世界的矛盾与冲突的作品诗行短促，断句很不规律，反映了诗人心灵深处的焦虑与不安。

已出版的诗集有《波涛》（一九六一年）、《刺与火》（一九六六年）、《天涯》（一九七一年）、《浪涛》（一九七九年）、《向大地致意》（马英双语，一九八二年）等。鉴于他对现代马来文学的杰出贡献，一九七六年他获得了"文学斗士"的荣誉称号。一九八二年获得东南亚文学奖，翌年，马来亚大学授予他荣誉文学博士学位，同时他又获得了马来西亚国家文学家奖。

恋　人

我要把那一朵朵浪花
搓捻成线
百般柔情般缠绕着你

我要挽起那澎湃的波涛
编织成柔软的床席
托起你甜美的梦

我要把那千姿百态的云彩
织成丝巾
轻裹你的秀发

我要轻轻剪裁那凉爽的山风
缝成美丽的衣服
当作你的晚装

我要摘下那东方的星星
制成胸针
照亮你的心房

我要揽下天上的明月
做成一盏灯
陪伴我对你的思念

我要夕阳西下
快快拉下夜幕

享受你甜蜜的情意

恋人啊，多少个梦境
并不是现实
只是充满幻想的天堂

（吴宗玉　译）

问候大地

一

他们要将我们分隔
用护照、签证以及种种理由
他们用法令掠夺我们的财富
送来金钱包裹的枪弹
我们被迫选择其一
除此之外，别无他途

二

你选择了枪林弹雨
许多领袖选择了金钱
为此鲜血浸湿了你的衣衫
染红了草地，染红了河流
孩子在哭泣
被压迫的人民在流血

三

你用石块挤榨仙人掌
用以解渴或充饥
姑娘们满身尘埃地劳动
孩子们扛起了枪杆
你爆破油管染黑了天空
也有人在狱中

为巴勒斯坦的解放引吭高歌

四

我们在日益枯竭的土地上挣扎
农民们开始砍伐原始森林
微小的开始如浮云般不易察觉
平静的背后暗藏着危机
这小部分人正在借鉴你们和自身的经验
我们要把这群岛五月的危机
拉回到正确的方向

五

无须护照
无须签证
没有高尔夫球
不分肤色种族
向全世界人民的人道主义
致意

（吴宗玉　译）

荆棘与火焰

——《马来使者报》罢工的第一次报道

亲爱的朋友们
昨天我们又在此重逢
那时太阳高悬在《使者报》大楼上空
我们不接受现有的一切
手紧拉着手，勇敢地歌唱
坚定的信念铭刻于心。

我们的歌声四处飞扬
啊，可爱的孩子们向外探望
在阳光下，在湿润的空气里
我们唱起觉醒之歌。

难道这是梦中的苦难
或是现实痛苦的煎熬
在这扼杀人类生活的安逸中
我们共同接受斗争的考验。

我亲爱的朋友们
背向着荆棘，面对着火焰
我们不能再退缩
荆棘与火焰
我们面临着刺芒与炽热的危险。

昨天与今天我们将被载入史册

那里没有眼泪

共同的誓言不会改变

无论怎样我们决不低头。

（吴宗玉　译）

小　孩

在那栋楼的废墟上
小孩独自地站着
带着受伤的身体
孤独地望着周围

战争带走了他的母亲
夺走了他的家人
父亲也不见了踪影

你听，那个孩子的声音，他问：
我的母亲在哪儿？我的姐姐在哪儿？
我的面包在哪儿？我的衣服在哪儿？
而给予他的答案是……那个
子弹的撞击和炸弹的爆裂
和着风的哀号，雨的悲凉

遍地的坟墓
多少山上埋藏的残骸
多少不会干涸的泪水
多少无法安息的灵魂
战争还会夺取多少
何时才会是尽头

哦真理的斗士

那么多的殉难者

你何时才会

不再有祭奠不再有离殇

（艾拉　邵颖　译）

乌迪伯（二）

（二十年前……
乌迪伯有五个孩子
一间旧茅屋和一块耕地

　　在城里领袖们高声呼喊

　　大选，人民独立自主

　　世世代代的繁荣昌盛
现在是一九七四年
在这样一个主权国家里的乌迪伯的境况又怎样呢？）

一

乌迪伯有了十个孙子
每天早晨抱弄着他们
哼着歌谣：

　　高高举起

　　厨房无烟

　　长大以后

　　只能坐监。

二

乌迪伯的双手布满老茧
就凭着一把砍刀
寻找每日的生计
哦，乌迪伯，他的那块耕地
早已和乌迪婶的墓地

一起被抵押多年

每当孙子向他问起

奶奶的坟在哪儿，乌迪伯无言以对

奶奶已化作了白衣圣母

木制的墓碑上长满了雪白的蘑菇。

三

一天夜里，乌迪伯做了一个梦

他得到了一个梦示

在一家借债商店的收音机里

一个声音在大声命令：

　　你写吧！

乌迪伯摇摇头，他不会写字

那声音又命令道：

　　你写吧！

　　写吧！

突然乌迪伯会写字了

他写了一串足有椰树干那么大的字母：

　　通货膨胀

他看到那些字都在飞舞

他又接着写了一百遍

那些字母突然不断地倍增

一千遍，一万遍

一共三万遍，都在飞舞着。

后来随着羊皮鼓声

乌迪伯跟着跳了起来

孙子们也跟着唱起歌来。

四

第二天夜里乌迪伯又做梦了

一只巨鸟从天而降

它的叫声如雷贯耳

从云层直冲大地

它俯冲到椰树梢

翅膀刮起一阵旋风

仿佛要把院中的树连根拔起

它双脚一落地

仿佛要攫走牧场上的牛群。

于是出现了城市大人物

他微笑着扬扬自得

在他背后跟着一些无名小卒

他们挥舞着细嫩的手臂

突然乌迪伯发现了自己

和所有的农民组成了巨大的字母：

　　通货膨胀

三万个大如椰树的字

舞动着，歌唱着

迎宾树也跟着一起

舞动着，歌唱着。

城市大人物的皮肤经不起曝晒

有人立即为他们打伞

他站在众人面前高喊：

　　我的人民！

　　我亲爱的人民

看看你的周围，我们的祖国

绿树成荫

在这绿色的土地上

一切都是为了绿色的人民

奔向那大森林吧

开发！要自力更生！

大家争先恐后地来享受独立的成果吧。

突然乌迪婶出现了

她一身白衣，抱着孙子

哦，这么多，一共十个

他们在城市大人物的背后大笑不止。

五

黎明在鸟儿的啼叫中悄悄来临

乌迪伯醒后在回味昨晚的梦境

——这是孙子们的好梦兆。

乌迪伯立刻叫醒他们

十个人都走进森林

自力更生，自力更生，开发这绿色的土地。

哦，贫穷饥饿，哦，繁荣昌盛

今晚全村要共同欢庆

他们发现了大片的野山芋地。

第二天太阳当空高挂

乌迪伯在挖掘着土地

现在他孤身一人

孤零零地在挖掘

挖掘他自己的绿色土地：

不是寻找村民的粮食

而是埋葬误食毒薯的死者。

六

如今很少再见到乌迪伯了

陈旧的茅屋更显孤单凄凉

乌迪婶已经化作圣灵

腐朽的墓碑倒在自己绿色的土地上。

可村里人都在问

是谁清扫了他孙子们的坟地

没有一根杂草，连白素香花也开了？

偶尔在寂静的夜晚

在山顶的树丛旁边

能听见有人在哼唱：

　　高高举起

　　磨好利器

　　做事决不

　　半途而废。

（吴宗玉　译）

星　逝

眼神交汇之时，笑容花般绽放。
灵魂接触之际，心间涟漪荡漾。
　　　跳动的胸膛，是爱的供养。
　　　卿悄然而至，轻触我的肩膀。

沃土于山，
给予卿最美丽的微笑。
一眼一心，可候卿永远。
此情此爱，愿历久弥坚。

而今，卿已披上嫁裳。
云鬟高悬，映射烛光。
新婚之夜，嫁衣充斥欣喜。
幸福洋溢落满园。

是夜，当我抬头仰望，星似卿眼。
月光中，卿笑靥如花。
星辰流逝，我待卿之歌谣。
只怕星辰闪烁，却千年静默。

窗棂之外，黯然神伤。
云中皓月，但问为何。
答曰：我未成名卿已嫁，
愿卿安好，一世荣华。

（王婉怡　邵颖　译）

晋·卡斯度利
（一九六四年至今）

　　生于马六甲州瓜拉双溪巴鲁的拉当村。原名为再纳·巴力。马来亚大学媒体研究系毕业。曾担任语文局《文学月刊》杂志主编，之后获奖学金赴英伦进修电影硕士课程。他崛起于二十世纪八十年代中期，当时他参加了语文局举办的青少年作家周活动。在活动中他脱颖而出，写作才华被挖掘。之后他坚持写作，为目前备受看好的中生代诗人。除了写诗，也写短篇小说、文学评论和少年小说。

　　他的诗歌受到传统马来文学的影响，通过复杂却优美的意象将人类、事件和思想串联，隐喻新颖、讽刺尖锐。一九九二年马来西亚文学奖评委组这样评价道："他是与众不同的，他选择的角度是通过哲学道路来挑战现实主义思想，继而挖掘不同层面的内容，如生活抗争、象征主义、宗教、个人概念、苏菲派神秘主义、艺术流派和绘画色彩等。"曾获一九八九至一九九〇年度和一九九二至一九九三年度的马来西亚文学奖，二〇一〇年获得东南亚文学奖。目前已出版的诗集有《情感净化》（一九九三年）和《肋骨》（二〇〇五年）。

吉普赛

我驱策的马

自天而降

从一道彩虹到另一道彩虹

从叶子到根茎

带着初次的怨怼

让桀骜不驯的嘶号

朝着风

云彩

雨水

和月亮

蹦跳

策马的风儿攀岩上山

策马的云霓贴近山谷

策马的雨水匍匐至沙漠

策马的月光蔓延至海洋

以无名的嘶号

驰骋我的马

再不愿驱策马儿了

倘若牧场的青葱

为那穿着鼻翼的黄牛

筑起围篱

并把肚腹喂得鼓胀

（庄华兴　译）

等到雨水的话说完

此地没有吸引人的东西
除了草芽间的
蛙尸
以及在泥淖中缄默的鹅足

此地没有令人烦厌的东西
除了旱季的龟裂
带着蛇鳞来自凤凰木的潇潇
在每一个收割的季节
仿若映现英雄的脸

等到雨水的话说完
旱季竞相啃啮大地

（庄华兴　译）

索忆朋友

手持一朵莲花——摘自我们过往时光
漂浮在
朦胧的清晨——在我们仍酣睡时，那些
儿时的亲密时光。
不曾枯萎的莲花如同不曾干涸的
记忆池塘
莲花在此慢慢绽放。

我从泥泞的池塘摘取一朵莲花
在这里鱼儿
自由遨游，水泛涟漪时聚集在
它的花瓣下。
——那是故意跳进池塘的我们，抢夺着莲花
不惜惊扰
鱼儿。只有一次你哀叫道
仿佛什么扎入你的脚底
——我们何曾在意。次日又去池塘
采撷含苞待放的
莲花。

（在这样的季节——为什么只有我
去池塘——摘取莲花
而你只是不停地问："为什么你
仍想跃入
那荷塘？"）

（王荷蓬　译）

再哈斯拉

（一九五一年至一九八九年）

原名再顿·戈都·阿卜杜拉，出生在马六甲州的双溪毛糯村，二十世纪七十年代开始写诗，第一首诗《妈妈》发表在一九七一年的《文学月刊》上，之后被转载在几家不同媒体上。她诗歌的主题与女性感受有关，如思念、希望、失望和忍耐。一九七二年至一九八二年，她好像进入了逃避现实主义的世界，当时的主题都是"逃避"，诗歌中透着一丝悲观主义情绪。之后她又转向与历史永恒相关的主题。在去世之前，她诗歌的主题以神性为主。

已出版的诗集有《逃亡中（一）》（一九七七年）、《逃亡中（二）》（一九七七年）、《逃亡中（三）》（一九八七年）、《敦法蒂玛的歌谣》（一九八七年）、《海、树和城》（一九八八年）、《城市的水族馆》（合著，一九八八年）等。她的诗歌十分成熟，自成一派，曾多次获得国家最高水平的文学奖（一九七三年、一九七四年、一九七五年、一九八四至一九八五年度和一九八六至一九八七年度）。她去世时年仅三十八岁，她的离开是马来西亚文学界的一大遗憾，很多文学爱好者都为此感到痛心不已。

黎明时的大海

黎明时的大海
既不浪涛冲天，也不寂静无声

黎明时的大海
既不冷酷无情，也不放肆狂暴

黎明时的大海
如刚体会幸福的少女
享受新婚之夜的欢愉
周身洋溢着喜悦
喜悦也来自鹣鲽时刻

想要被全世界倾听
然而，幸福的黎明钟声里
回想时她又变得害羞
那令人战栗的第一次
确实欢快，温柔却又羞于启齿

黎明时的大海
就如沉湎于回忆
那羞于启齿之秘密的少女

黎明时的大海
尽头海天交接
是一幅无与伦比的风景

波光粼粼，海涛涌动，浪花滚滚
是时光变幻，成熟的曙光

（张婕　译）

受考验的时刻

在这样的时刻
寂寞如分开的爱情
考验女人爱的纯洁
在充满神秘且温柔的时光里

想起那激动人心的时刻
当昏暗中抚摸我的秀发
当两唇相印时
诉说着鲜活的生活意义
之后，在这样的纯洁中
在妻子的啜泣和害羞中
到来的分别考验着承诺的信念
忠诚不再悬挂于我的发丝
爱情不再画在你的额头上
但它在动人心魄的一瞥中相遇
并自然地融入记忆

如果太阳依然跟随我的步伐
我必将记得沙滩上的脚印
在满是伤痛的生活中
发现完全秘密的会面

如今在昏暗的黄昏
我回忆起过往
并为未来准备

但在此之前,

我的信念已受考验

（张静灵　译）

受伤的时刻，愈加忧伤的爱情

我渐渐远去
跨越了过去
在此，自信心
叙述其的存在。

于是我明白了
受伤的时刻
并不是悲伤
因为悲伤意味着生活的欲望
在思念中备受折磨。

受伤的时刻
教会女人如何追求
为空中月食增色
开出真理的鲜花。

真相给予我梦想
暂未枯萎的绿叶之梦
当风轻抚并许下它的温柔
不曾轻轻呼唤台风
来改变每一个已说出口的
诺言。

如今我更加明白
（谢谢你给予所有教导……）

在这里，受伤的时刻

镌刻愈加忧伤的爱情。

（张静灵　译）

祖丽娜·哈山
（一九四九年至今）

生于吉打州亚罗士打。在双溪大年接受马来语和英语教育。一九七○年考取高级教育文凭，翌年进入槟城理科大学人文研究中心，一九七四年获文学学士学位。毕业后曾在马来亚大学马来语系任教，后转入新闻局出版部工作至退休。她自幼喜欢收集班顿和抄写传统马来歌词，从中发现缪斯的倩影。少女时代开始在电台《儿童乐园》节目发表少儿班顿和故事。她的处女新诗《无法攀登的七座山岳》于一九六七年元月八日发表于槟城《新闻周报》。在初涉文坛的青涩岁月，她获得当时《马来西亚时代前锋报》诗页著名编辑札克里·阿峇里的悉心指导，受益匪浅。

她于二十世纪七十年代连续出版两部诗集后，开始在诗坛崭露锋芒。其中《如茫茫道路》（一九七四年）是马来西亚出版的第一本女作家诗集，反映了女性作家在文学界的发展。作为多产的女作家，她从十二岁开始写作，至今共创作诗集、文学研究、自传、回忆录、短篇小说集等共十九部作品。其中诗集包括《此处没有驿站》（一九七七年）、《启程》（一九八五年）、《无名的智者》（一九九四年）和《时光备忘》（与华裔马来诗人林天英合集，二○○○年）。

她屡获文学大奖，重要的奖项包括一九七一年、一九七四年、一九七六年的文学作品奖和一九八二至一九八三年度、一九八四至一九八五年度马来西亚文学甄选奖。诗集《启程》获一九八五年第二届诗歌王子奖主奖，之后交由马来西亚语文局出版，诗集的作品以爱情、怀思以及人性的虚伪为主题，情真意切、豪放大胆且富有诗意，引人瞩目。她的文学成就于二〇一五年获得国家肯定，于该年获得第十三届国家文学家奖，是第一位荣膺该奖的女作家。

玛苏里 [1]

你的丝巾在海滩边飘扬

迎接岛上的客人

你的忠诚变成了歌

清晨海浪都在吟唱

你的秀发成为黑线

漂浮在深夜的海面

你的泪珠冷如露水

滑落在七口井中

七代人的冤仇

环绕七个海角

纯洁的血液

染白了这个岛屿。

玛苏里

这个誓言养育了兰卡威

因为没有你

兰卡威不会如此。

---

1 玛苏里：是马来西亚兰卡威传说中的一名女子，据说她的貌美吸引了很多
人上门求婚。甚至连族长也想娶其为妻，在族长原配的反对下，族长的
儿子娶其为妻。在其丈夫外出的时候，有一天一位年轻的马来吟游诗人
到她家里讲述流浪者的诗歌与经历，嫉妒她美貌的族长妻子诬指她与诗
人有染，数月之后玛苏里产下一男婴，她因通奸罪被判处用马来弯刀刺
死，死时身上流出了白色的血，仿佛在宣告她的清白。她临终前发下毒
誓，诅咒兰卡威将没落七代，而且岛上只能长出不能食用的蓖麻。不久，
兰卡威就遭到暹罗人的大举入侵，长时期经济萧条。现在，兰卡威成为
著名的旅游胜地，玛苏里的墓也是其中一个景点，她的传说吸引了众多
游客。

有人说玛苏里并不存在

她只是源自于

艺术家的想象

又有人说她的确存在

只不过说书人的语言

使她比生活中更生动

文学渲染了祖国

因为没有玛苏里

兰卡威不会如此有意义

玛苏里成就了兰卡威

文学则滋养着祖国。

（张静灵　译）

一个爱情故事

萌生爱意的那日
他告诉他的爱人
"我们无须许诺专一
忠于对方不是因为诺言
而是因为爱
只是因为爱。"

举行婚礼的那日
他告诉他的爱人
"婚姻是一种结合
但无须被此束缚
拴住我们的是爱
只是因为爱。"

后来的日子里
他告诉自己
"婚姻也教会我们
忘记所谓的爱情
学着共同生活。"

（张静灵　译）

能确定的事

你可能不是最好的男人
但对我这样的女人而言
或许没有比你更优秀的
男人
或许我没能得到全部
但此时此刻
我已是
心满意足。

不必问我是否幸福
我也不打探你的感觉
因为有时越想确定
却越充满犹疑
越多的讨论和分析
却越不知道答案。

或许我也不确定
曾说过什么
但能确定的是
我们不必太过确定。

（王荷蓬　译）

译后记

庄华兴老师在其译著《西昆山月》的后记中提到："翻译几乎和华人在本邦的历史一样长。十九世纪中期，海峡华人中的几位领袖与多位文字工作者透过创办报刊积极推广峇峇马来语，更积极进行翻译事业。"可以说，在中国文学和马来文学的译介过程中，马来西亚华人做出了巨大的贡献。杨贵谊先生用"创下奇迹"来形容土生华人在中马文学翻译工作上的成就。从十九世纪末到二十世纪五十年代初，他们将相当数量的中国古典章回小说和王朝历史翻译成峇峇马来语。据记载，目前已有一百多部中国文学作品在马来西亚被翻译成马来语。与此同时，马来文学作品的中译则与一九二七年创刊的《新国民杂志·荒岛》杂志有着密切的联系。第二年，伊伊翻译了七首马来古典诗歌班顿，总称为《马来歌》。一九三〇年十二月二十九日，《南洋商报·压觉》刊登了曾玉羊翻译的八十一首《马来民歌选》。随后出版的《蕉风》《清流》《爝火》等杂志上的诗歌专栏也常常出现马来诗歌的中译作品。另外，马来西亚的国家语文局、翻译创作协会、马来亚大学中文系以及国家翻译与书籍局也都对中马两国文学的互译工作起到了推动作用。

与此相比，中国的马来语专业始建于一九六一年，当时仅有北京外国语大学开设该专业。通过五十多年的发展，全国目前已有八所高校开设马来语专业，具有本科和硕士研究生两个教学层次，已培养了上千名具备良好语言水平和相关专业知识的复合型人才。然而，国内没有开设马来语翻译专业，也没有相关语种的翻译培训，很多译员都是在翻译商业合同和文件的实践中逐渐成长。真正从事文学翻译的人才仍然稀缺，他们主要集中在这个专业的教师和中国国际广播电台马来语部的新闻工作者中。一九九四年，中国国际广播电台马来语部的薛两鸿先生翻译了《聊斋故事选》，并于二〇一一年在马来西亚国家图书馆进行新版书推介。二〇〇三年，马来语专业的鼻祖吴宗玉老师翻译出版了《中马友谊之歌》。二〇一一年，北京大学的罗杰老师和北京外国语大学的傅聪聪老师出版了《〈马来纪年〉翻译与研究》。近两年，广东外语外贸大学的马来语老师们翻译了一批中国经典，如《孙子兵法》《弟子规》《论语》等。作为马来语专业教师的一员，我深深地感受到作为文化使者促进两国文学和文化交流、增进两国人民相互了解的责任感和使命感。因此，我欣然地参与了"'一带一路'沿线国家经典诗歌文库"的翻译项目。

当开始进行这个翻译项目时，我正在印度尼西亚西苏门答腊省的安达拉斯大学进行访学。这是该省最好的公立大学，在爪哇岛外排名第二，全国排名第十一。然而，五层楼的图书馆中关于马来诗歌的著作少得可怜，所以我只能从网络上搜寻相关的诗歌和作者资料。为了蹭 Wi-Fi，又为了避免曝晒，我往往一早就出门去学校，然后等到黄昏后才回寝室。然而，网上有限的资料还是无法满足我的所有需求，我便利用参加马来西亚国家翻译与书籍局的翻译课程之机，前往马来西亚搜集资料，拜访知名诗人。除了上课的时间，我几乎都泡在了国家图书馆里。就这样我完成了大部分翻译素材的收集工作。

在翻译过程中，我、我的同事王荷蓬以及庄华兴老师虽然分处在印度尼西亚、中国和马来西亚三个地方，不能直接见面沟通，但通过邮件和微信，我们保持着良好的交流和沟通。通过反复的斟酌和修改后，终于呈现出了这本书的最初模样，所以我要衷心地感谢这两位老师所付出的努力。同时，我也要感谢给予我信任和支持的吴杰伟和梁敏和老师，愿意提供诗歌译文的曾荣盛、邵颖和林宛莹老师，以及中国传媒大学一三级马来语班的同学们。

我亦在翻译中收获了不少知识，比如诗歌中出现的外来词和诗歌内的文化元素。这次的诗歌翻译让我再次认识到马来诗歌和印尼诗歌的关系。一方面，马来语和印尼语同属马来－波利尼西亚语系。另一方面，由于早期很多马来诗人受到印尼诗歌的影响，他们在创作中经常会使用一些印尼语词汇。如常见的 bisa（可以）、bangat（十分）和 kakak（哥哥），当然也有不太常见的印尼语词，如诗句 Masa seorang ialah tolan，Teman berbeka suluh berjalan（独处时它是朋友，能畅谈指明方向）中的 tolan 一词，在印尼语中意思为"朋友"。虽然现在印尼语和马来语中的"朋友"以 teman 和 kawan 两词为主，但在此诗中却使用了该词与 teman 相互呼应。因此，我常常在查阅马来语词典无果后，在印尼语词典中找到了答案。当然，除了印尼语词汇外，一些与宗教相关的诗歌也借用阿拉伯语词汇，如诗句 Di cuaca qamar cahaya gemilang（月亮闪烁耀眼光芒）中的 qamar 一词就是阿拉伯语，意思为"月亮"。另外，还有 buraq 一词也源自阿拉伯语，指供先知骑乘的布拉克神兽。

除了外来词之外，诗歌中展现出异彩纷呈的马来西亚多元文化。其中让我印象最深的是《离别珍重，我的皮影艺人》一诗中很多与皮影戏相关的元素，其中有诗句如下：

Kaupacak Beringin（你手持榕树剪影）

Ceruk dan alur cetera yang terpendam（久远的故事情节）

Akan kembali menyusur jalan riwayat（最终回归传记的脉络）

Berliku，bersimpang，tetapi hujungnya lurus（迂回曲折，支脉纷繁，而结局明晰）

第一句诗中有 Beringin 一词，该词本意是榕树，如果没有看过马来西亚皮影戏的经历，可能很难将榕树和皮影联系在一起。其实这里首字母大写的 Beringin 是一个专有名词，指每次皮影戏开篇时出现的榕树剪影，它像一片巨大的树叶，里面是一棵榕树的形象，有着卷曲的枝叶和藤蔓，它象征着国王强大的力量和重生，是皮影戏中重要的角色之一。另外，在翻译《莎彤公主给阿都拉王的信》《〈金山公主〉观后感》和《纳丁最后的夜晚》时，如果不知道那段历史的话，是很难明白诗歌所表达的内容和思想的。所以，读诗和译诗的过程也是温故而知新的过程，虽然有其艰辛之处，但我仍乐在其中。希望这本诗集可以让更多人阅读马来西亚诗歌，了解马来西亚文学，并徜徉在这个拥有多元化文化的国度中。

张静灵

二〇一七年六月四日于印尼安达拉斯大学

总　跋

经过两年多时间的筹备与组织，"'一带一路'沿线国家经典诗歌文库"终于将陆续付梓出版，此刻的心情复杂而忐忑，既有对即将拨云见日的满满期待，更有即将面见读者的惴惴不安。

该项目于二〇一五年下半年开始酝酿，其中亦有不少波折和犹疑。接触这个项目的所有人都无一例外地认为，这是应该做而且只有北大才能做的事情，也无一例外地深知它的难度。

"一带一路"跨度大、范围广，多语言、多民族、多宗教、多文明交融，具有鲜明的文化多样性特征。整个沿线共有六十余个国家，计有七十八种官方或通用语言，合并相同语言后仍有五十三种语言，分属九大语系。古丝绸之路尽管开始于政治军事，繁荣于商旅交通，但其更重要的意义在于促进了人类文明的交往。它连接了中国、印度、波斯和罗马等文明古国，跨越埃及文明、巴比伦文明、印度文明、中华文明的发祥地，是东西方文明交流互鉴的重要通道。

如何更好地展现"一带一路"沿线人民的文化特质和精神财富，诗歌无疑是最好的窗口。诗歌是文学王冠上的明珠，精敛文学之魂魄，而经典诗歌则凝聚着各个国家民族的文化精神和文化理想，深刻反映沿线国家独有的价值观和对世界的认识。长期以来，中国学界和出版界一直比较重视欧美发达国家诗歌的译介与研究，对发展中国家尤其是一些弱小国家的诗歌研究存在着严重忽略的现象。我们希望通过对"一带一路"沿线国家经典诗歌的研究，深刻地了解一个国家，理解它的人民，与之建立互信，促进国内学界对"一带一路"沿线国家文学、文化和文明的了解，弥补我国诗歌文化中的短板，并为中国诗歌走向世界提供思路和借鉴，从而带动与"一带一路"沿线国家的深层次交流，为中国的对外交往和"一带一路"倡议的实施提供人文支撑。

北京大学外国语学院组织国内外相关领域的专家学者，于二〇一六年一月，正式启动"'一带一路'沿线国家经典诗歌文库"项目。该项目以北京大学人文学科的优良传统和北大外语学科的深厚积淀为基础，以研究和阐释"一带一路"沿线国家厚重的历史、文化内涵为己任，充分发挥本学科在文学、文化研究领域的传统优势和引领作用，积极配合和支持国家的"一带一路"倡议，为中外优秀文化的研究、互鉴和传播做出本学科应有的贡献。

北京大学外国语学院牵头组织的"'一带一路'沿线国家经典诗歌文库"项目，旨在翻译、收集、整理和编辑"一带一路"沿线六十余个国家的诗歌经典作品，所选诗歌范围既包括经典的作家作品，也包括由作家整理的、具有广泛影响力的史诗、民间诗歌等；既包括用对象国官方语言创作的诗歌，也包括用各种民族语言创作、广泛传播的诗歌作品。每部诗集包括诗歌发展概况、诗歌译作、作者简介等三个部分。

在此基础上，形成由五十本编译诗集构成的"'一带一路'沿线国家经典诗歌文库"第一批成果，这将弥补中国外国文学界在外国诗歌翻译与研究方面的不足，特别是对部分"一带一路"沿线国家的经典诗歌开展填补空白式的翻译与原创性研究工作具有重大意义，同时对沿线诸多历史较短的新建国家的文学史书写将具有十分重要的价值。

该项目自启动以来，先后成立了编委会和秘书组，确定项目实施方案、编译专家遴选以及编选的诗歌经典目录，并被确定为北京大学一百二十周年校庆的重要出版项目之一，得到学校、校友及社会各界的大力支持，建立起以北京大学外国语学院为核心，汇集国内外相关领域知名专家学者、翻译家的翻译、编辑团队，形成了一个具有高度共识和研究能力的学术共同体。

在这个共同体中的每个人都是幸福的，与诗为伴，以理想会友，没有功利，只有情怀。没有人问过我们为什么要做，每个人只关心怎样可以做得更好。无论是一无所有之时还是期待拿到国家出版基金支持之日，我们的翻译团队从没有过犹豫和迟疑，仿佛有没有经费支持只是我一个人需要关心的事情，而他们是信任我的。面对他们，我没有退路，唯有比他们更加勇往直前。好在我一直是被上苍眷顾和佑护的人，只要不为一己之利，就总能无往不胜。序言中，赵振江教授说了很多感谢的话，都代表我的心声，在此不再重复。我想说的是，感谢你们所有人，让我此生此世遇见你们。如果可以，我还想在此感谢我的挚爱亲人，从没有机会把"谢谢"说出口，却是你们成就了今天的我。

希望通过我们台前幕后每一个人的努力，把"'一带一路'沿线国家经典诗歌文库"项目打造成沿线国家共同参与的地域性的文化精品工程，使"文库"成为让古老文明在当代世界文化中重新焕发光彩、发挥积极作用的纽带和桥梁。

人也许渺小，但诗与精神永恒。

宁　琦

写于二〇一八年"文库"付梓前夜，北京

图书在版编目（CIP）数据

马来西亚诗选 / 赵振江主编；张静灵，庄华兴编译 .—北京：作家出版社，2019.8（2019.9重印）

（"一带一路"沿线国家经典诗歌文库 . 第一辑）

ISBN 978-7-5212-0477-3

Ⅰ.①马⋯　Ⅱ.①赵⋯②张⋯③庄⋯　Ⅲ.①诗集—马来西亚　Ⅳ.① I338.2

中国版本图书馆 CIP 数据核字（2019）第 067416 号

马来西亚诗选

主　　编：赵振江
副 主 编：蒋朗朗　宁　琦　张　陵
编 译 者：张静灵　庄华兴
选题策划：丹曾文化
责任编辑：懿　翎　徐　乐
装帧设计：曹全弘
出版发行：作家出版社有限公司
社　　址：北京农展馆南里 10 号　　　邮　　编：100125
电话传真：86-10-65067186（发行中心及邮购部）
　　　　　 86-10-65004079（总编室）
E-mail:zuojia @ zuojia.net.cn
http://www.zuojiachubanshe.com
印　　刷：北京通州皇家印刷厂
成品尺寸：160 × 240
字　　数：449 千
印　　张：20.25
版　　次：2019 年 8 月第 1 版
印　　次：2019 年 9 月第 2 次印刷
ISBN 978-7-5212-0477-3
定　　价：69.00 元